novum pro

AF011276

Das Schicksal heisst Alex
Heidi Vogel

novum pro

www.novumverlag.com

Bibliografische Information der Deutschen Nationalbibliothek:

Die Deutsche Nationalbibliothek verzeichnet diese Publikation in der Deutschen Nationalbibliografie. Detaillierte bibliografische Daten sind im Internet über http://www.d-nb.de abrufbar.

Alle Rechte der Verbreitung, auch durch Film, Funk und Fernsehen, fotomechanische Wiedergabe, Tonträger, elektronische Datenträger und auszugsweisen Nachdruck, sind vorbehalten.

© 2013 novum publishing gmbh

ISBN 978-3-99026-868-1
Lektorat: Mag. Sandra Jusinger
Umschlagfoto:
Olegmit | Dreamstime.com
Umschlaggestaltung, Layout & Satz: novum publishing gmbh

Gedruckt in der Europäischen Union auf umweltfreundlichem, chlor- und säurefrei gebleichtem Papier.

www.novumverlag.com

Er heißt Alex. Er ist zwölf Jahre alt. Und er ist anders. Das bekommt er leider oft zu spüren. „Meine Geschwister machen mir das Leben schwer", denkt er. „Der elfjährige Fritz und die neunjährige Anna sind beide verfluchte Lausebengel." Er beklagt sich bei Fritz. „Du machst mir das Leben absichtlich schwer. Habe doch ein wenig Mitleid mit mir!" Fritz schüttelt den Kopf. „Akzeptiere dein Leben. Das Schicksal hat einen Namen. Es ist für mich auch nicht einfach, dein Bruder zu sein. Das Schicksal heißt Alex." Diese Aussage verletzt Alex unbeschreiblich.

Aber jetzt hat er einen Entschluss gefasst: Er will die Welt besser machen. „Ich lebe nach dem Motto: ‚Viele kleine Leute, die an vielen kleinen Orten viele kleine Dinge tun, können die Welt verändern.'" Er zieht sich in sein Zimmer zurück und überlegt, wie er nun vorgehen soll. Das Zimmer teilt er mit seinem Bruder Fritz. Eigentlich hat er da auch gar nichts dagegen. Er unterhält sich oft mit ihm bis spät in die Nacht. Doch heute denkt er überhaupt nicht an seinen Bruder, sondern notiert eifrig Möglichkeiten, wie er sein Vorhaben in die Realität umsetzen könnte. Es dauert lange, denn Schreiben bereitet ihm doppelt so viel Mühe wie Lesen. Seine Geschwister lachen ihn deswegen oft aus. „Das konnte ich schon im Schlaf, bevor ich in die Schule kam", prahlte seine Schwester. „Das glaube ich dir nicht", antwortete Alex. „Wo hättest du das lernen sollen?" „Das habe ich mir selbst beigebracht. Frag Mama, sie wird es dir bestätigen." Alex hat seine Mutter nie gefragt, ob die Schwester die Wahrheit sagte, er hat sich vor der Antwort gefürchtet. Er schämt sich, dass er nicht gut lesen und schreiben kann. Wenn er nur von seinen Geschwistern ausgelacht würde, wäre es ja noch erträglich. Aber auch die Nachbarkinder lachen ihn aus. Für Alex war es der schlimmste Tag seines Lebens, als er erfuhr, dass er die Schule verlassen musste. Der Klassenlehrer hatte zwei Wochen nach Schuljahresbeginn seine Eltern zu einem Gespräch eingeladen. Alex war nicht dabei gewesen. Er hatte sich gar keine Sorgen gemacht. Er hatte sich gedacht, es wäre normal, wenn die Eltern zu Beginn der Schulkarriere ihres Nachwuchses sehr genau über dessen schulische Leistungen informiert wurden. Als die Eltern zurückkamen, merkte er sofort, dass etwas nicht in Ordnung war. „Was ist los?", fragte er ängstlich. Der Vater schluckte. „Komm, wir setzen uns alle an den Küchentisch. Wir müssen mit dir sprechen. Ich glaube, es ist das Beste, wenn deine Geschwister auch gleich erfahren, was mit dir geschehen wird, Alex." Wenig später war die ganze Familie in der Küche versammelt. Erwartungsvoll blickten die Kinder den Vater an. Mutter starrte unbeweglich ins Leere. Der Vater räusperte sich und wandte sich an Alex: „Gefällt es dir in der Schule?" „J… ja!", stammelte Alex verwirrt. „Das ist schon mal gut", nickte der Vater. „Aber ist dir noch nie aufgefallen, dass du dich von deinen Mitschülern unterscheidest?" Alex überlegte einen Moment. „Eigentlich nicht oft", sagte er dann langsam. „Nicht oft", bestätigte der Vater. „Hier kommen wir der Wahrheit schon ziemlich nahe: nicht oft, aber immer öfter." Alex verstand nicht, was der Vater meinte. „Dein Klassenlehrer hat sich über dich beklagt", fuhr der Vater fort. „Du benimmst dich komisch, hast kaum Kontakt mit deinen Mitschülern, schweigst fast immer, und wenn du doch sprichst, dann in ganz langsamem Tempo. Außerdem hast du in dieser kurzen Zeit schon dreimal die Hausaufgaben vergessen." Alex senkte den Kopf. „Dafür schäme ich mich sehr", flüsterte er. „Der Lehrer hat mir dafür eine Strafaufgabe aufgebrummt. Ich musste die Toiletten im Schulhaus reinigen. Meine Mitschüler lachten mich deswegen aus." Das war natürlich gelogen: Der Lehrer hatte ihn bloß getadelt und die Mitschüler erfuhren nichts davon. Alex brach ab, um die Reaktion seines Vaters abzuwarten. Er hoffte, der Vater würde etwas sagen wie: „Du armer Kerl", doch dieser schwieg. „Ich dachte oft, ich hätte die Hausaufgaben bereits erledigt", fuhr Alex fort. „Ich hätte es sogar schwören können." Der Vater hörte nicht zu.

„Die Schulleitung hat beschlossen, dich in eine Sonderschule zu schicken." Diese Worte klangen für Alex wie ein Todesurteil. „Muss das wirklich sein?", fragte er nach einigen Minuten. Er hoffte, sich verhört zu haben. „Ja, Alex, es muss sein", antwortete der Vater unbarmherzig. „Ich glaube, es ist Zeit, dass wir dich aufklären." Die Mutter zupfte den Vater am Ärmel. „Nicht jetzt", flüsterte sie. „Lass ihn erst mal die Neuigkeit des Schulwechsels verdauen." Der Vater ignorierte sie. „Alex", sagte er nachdrücklich. „Du bist kein gewöhnlicher Junge. Du bist seit Geburt behindert. Die Nabelschnur hat sich um deinen Hals gewickelt, du bekamst nicht genug Sauerstoff und darum wurde dein Hirn dauerhaft geschädigt. Sei froh, dass du bis jetzt normal leben konntest und nichts davon wusstest. Damit ist jetzt Schluss. Du kannst dir nicht vorstellen, wie wütend die Schulleitung war, weil sie nicht genau über dich informiert worden war. Das hätten deine Mutter und ich wirklich tun sollen. Dann hätten entsprechende Maßnahmen getroffen werden können. Man wäre auf dich vorbereitet gewesen und du müsstest möglicherweise die Schule nicht wechseln. Aber in der Sonderschule wirst du kein außergewöhnlicher Fall mehr sein." Beim Gedanken an eine Sonderschule wäre Alex am liebsten gestorben. Doch er konnte nichts dagegen tun, alles wurde organisiert und drei Wochen später saß er bereits in der neuen ihm völlig fremden Schule inmitten von völlig fremden Klassenkameraden. Viele von ihnen saßen im Rollstuhl. Da er total überrumpelt war, sich überhaupt nicht an die Situation gewöhnen und sich darum nicht auf den Unterricht konzentrieren konnte, musste er die erste Klasse wiederholen. Dies raubte ihm den letzten Rest seines Selbstwertgefühles und er litt einige Wochen sehr darunter. Seine Eltern bemerkten es und sprachen ihn darauf an. „So geht es nicht weiter", eröffnete ihm der Vater eines Abends. „Du musst mit jemandem darüber sprechen. Morgen nach der Schule hole ich dich ab und wir gehen gemeinsam zum Psychiater." Alex erschrak. „Zu einem Psychoheini? Das habe ich doch nicht nötig!" Der Vater ließ nicht locker und so wartete Alex am nächsten Tag nach dem Unterricht niedergeschlagen vor dem Schulgebäude. „Warum spielst du nicht mit uns? Wartest du auf jemanden?", fragte ein Schüler. „Ich warte, dass mein Vater mich abholt. Ich muss zum Psychiater", antwortete Alex und biss sich gleich darauf auf die Lippen. Er wünschte sich nichts sehnlicher, als diesen Satz ungesagt zu machen. Am nächsten Tag lachten alle Schüler über ihn, und Alex war am Boden zerstört.

Inzwischen hat er sich aber wieder aufgerappelt. Er sieht auch das Gute an seiner Situation: Er kann besser vom Schulstoff profitieren. Da er ab und zu ins Krankenhaus muss, kann er zwischendurch zwangsweise nicht zur Schule gehen. In der Sonderschule kann er die verpasste Unterrichtszeit problemlos aufholen, das wäre in der Regelschule kaum möglich gewesen.

Er kann jeden Abend nach Hause zurückkehren und in seiner vertrauten Umgebung übernachten. Viele seiner Mitschüler haben diese Möglichkeit nicht und müssen im zur Sonderschule gehörenden Internat wohnen. Dort sind sie in den Freiheiten eingeschränkt. Aber er, Alex, kann selbst entscheiden, was er tun will. Und da hat er jetzt ein großes Ziel in Augenschein genommen: Er will die Welt verbessern. „Die Menschheit wird zum Beispiel einsehen, dass jeder Krieg sinnlos ist." Er überlegt, wie er das erreichen kann. „Wenn ich es über das Radio mitteile, geht es bei einem Ohr rein und beim anderen wieder raus. Die Leute sollen meine Botschaft über das Auge aufnehmen. Vielleicht sollte ich mich an das Fernsehen wenden und einen Werbefilm drehen. Nein, das ist auch schlecht. Das prägt sich ja fast so wenig ein wie eine Nachricht im Radio. Ich mache alles schriftlich. Ich schreibe auf ein Blatt Papier groß: „Ab heute Frieden auf der ganzen Welt" oder so etwas Ähnliches." Alex wird von einem wunderbaren Gefühl ergriffen. Er ist stolz, dass ihm diese tolle Idee eingefallen ist. Er setzt sich an den Schreibtisch und beginnt zu schreiben. Es fällt ihm schwer, den Filzstift zu führen. Eine Stunde später hat er erst zehn Blätter beschriftet. Zweimal hat er einen Rechtschreibfehler gemacht und darum das Blatt in den Papierkorb werfen müssen. „Es ist mühsam", stöhnt er. Dann fällt ihm plötzlich etwas Besseres ein. „Ich Esel!" Er tippt sich an die Stirn. „Ich kann ja alles kopieren. Das geht viel schneller." Doch gleich wird sein Glücksgefühl gedämpft. Wo gibt es einen Kopierapparat? Da hat er eine noch bessere Idee. „Ich schreibe es auf dem PC. Dann ist es sehr gut lesbar. Und ich kann das Dokument so oft ausdrucken, wie ich will." Einen PC kann Alex gut allein bedienen. „Das muss man heute einfach können", denkt er bei sich. Er geht zum Büro seines Vaters und öffnet die Tür. Der Vater sitzt mit dem Rücken zum Eingang konzentriert am PC. Alex weiß, dass sein Vater abends oft am Computer arbeiten muss. Er will die Tür rasch schließen, doch … Erstaunt dreht sich der Vater um. „Was willst denn du hier?", fragt er verwundert. „Sonst machst du um mein Büro doch immer einen großen Bogen, weil du wohl Angst hast, ich würde dir Arbeit aufdrängen." Alex antwortet nicht und schließt die Tür wortlos. Er will dem Vater nichts von seinem Vorhaben erzählen. Der Vater wird nicht ewig am PC arbeiten. Vielleicht kann er noch heute die ersten Blätter drucken: Ab heute Frieden auf der ganzen Welt. Zwei Stunden später verlässt der Vater endlich das Büro. Alex hat die ganze Zeit vor dem Zimmer versteckt gewartet. Nun schlüpft er blitzschnell und unbemerkt ins Büro. Der PC ist ausgeschaltet. Alex stellt ihn wieder an. Ängstlich späht er zur Tür. Hoffentlich kehrt sein Vater nicht zurück. Nun wendet er sich wieder dem PC zu, der inzwischen schon halb aufgestartet ist. Jetzt hat Alex ein Problem: Er wird aufgefordert das Kennwort einzugeben. Das weiß er natürlich nicht. Soll er einfach raten? Nein, er würde es niemals herausfinden. Pech gehabt … Enttäuscht will Alex den PC ausschalten. Da fällt sein Blick auf einen am Monitor befestigten Zettel. Darauf steht: „KA-ZX29T334". „Das wird das Kürzel samt Kennwort sein", denkt er erleichtert. Er tippt die Buchstaben und Zahlen sorgfältig ein und gleich darauf erwacht der PC zum Leben. Zehn Minuten später hat der Drucker zwanzig Blätter mit der Aufschrift „Ab heute Frieden auf der ganzen Welt" ausgespuckt. Alex lächelt zufrieden. Er schaltet den Computer aus, verwischt alle Spuren, schnappt sich die Blätter aus dem Drucker und verlässt das Büro schnell. Sein Herz klopft. „Niemand darf mich sehen", denkt er. Es ist schon spät, er ist müde und will schnell ins Bett. Er hält die Blätter verkrampft in der Hand, während er zum Zimmer schleicht. „Ich muss leise sein", schärft er sich ein. „Fritz wird schon schlafen." So leise wie möglich öffnet er die Tür und lässt sie einen Spalt breit offen, damit etwas Licht vom Gang her ins Zimmer dringt. Fritz rührt sich nicht. Alex versteckt die Blätter im Nachttischchen und zieht sich aus. Bevor er die Tür schließt, prägt er sich den kurzen Weg von der Tür zu seinem Bett ein, denn wenn er die Tür zumacht, ist es vollkommen dunkel, sodass er nichts mehr sehen kann. Gewöhnlich gehen Fritz und er gleichzeitig zu Bett, und Fritz übernimmt das Lichtausmachen. Alex hat noch gar nie daran gedacht, dass Fritz immer einige Meter im Dunkeln tappen muss. Endlich liegt Alex im Bett und denkt über sein Vorhaben nach. „Das habe ich gut gemacht", denkt er zufrieden. „Ich könnte mir selbst auf die Schulter klopfen. Doch nun sollte ich schlafen." Plötzlich ist er so hellwach, als hätte ihn jemand ins Wasser geworfen. Er hat vergessen, den Drucker auszuschalten. Deswegen wird man gleich morgen merken, dass er etwas im Schilde führt, und, so bildet er sich ein, man wird sofort herausfinden, dass er Blätter mit einer Friedensbotschaft gedruckt hat. Das muss er unbedingt verhindern! Leise steht Alex auf. Ängstlich späht er zum Bett des Bruders. Dieser rührt sich nicht. Auf Zehenspitzen will Alex zur Tür schleichen. Im Zimmer ist es stockfinster. Es ist viel schwieriger, den Weg vom Bett zur Tür zu finden, denn jetzt sieht er gar nichts. Doch er schafft es. Er erschrickt, als er hört, wie sich Fritz bewegt. Blitzschnell verlässt er das Zimmer. Draußen brennt glücklicherweise noch immer das Licht. Mühelos gelangt Alex ins Büro. Doch da muss er überlegen. „Weswegen bin ich überhaupt hierher gekommen? Ich habe doch viele Blätter gedruckt, den Arbeitsplatz aufgeräumt und …" Er wendet sich zum Gehen. „Ich will schlafen", denkt er. Da fällt es ihm plötzlich ein. „Der Drucker! Habe ich den Drucker ausgeschaltet?" Mit einem Blick vergewissert er sich, dass dieses wichtige Gerät tatsächlich noch seine Arbeit erledigen würde, wenn man am Computer den Druckbefehl geben würde. Alex' Finger, die inzwischen recht kalt sind, drücken auf den Knopf, mit dem der Drucker ausgeschaltet wird. Endlich kann er zurück ins Bett. Erleichtert macht er sich auf den Weg. Zum Glück ist ihm noch eingefallen, dass er etwas

Wichtiges vergessen hat. Sonst hätten womöglich alle erfahren, dass er sich für den Frieden einsetzen will. Doch eigentlich wird es in ein paar Tagen sowieso die ganze Welt wissen. Vielleicht ist diese kleine nächtliche Aktion sinnlos gewesen. Alex ärgert sich. „Scheiße!", flucht er. Fritz knipst die Nachttischlampe an und richtet sich auf. „Was ist scheiße?", fragt er. „Wo bist du gewesen?" Alex erschrickt. Er will Fritz nichts verraten. Doch dann kommt ihm der rettende Einfall. „Auf der Toilette", lügt er und gibt sich Mühe, völlig sorglos zu klingen. Fritz betrachtet ihn zweifelnd. Doch dann sinkt er ins Kissen zurück und knipst die Lampe aus. „Gute Nacht", murmelt er. Alex ist erleichtert. „Das ist ja nochmals gut gegangen", denkt er. Am nächsten Morgen wird er unsanft von der Mutter geweckt. „Alex, ich muss mit dir sprechen!", sagt sie streng. Verschlafen öffnet Alex die Augen. „Was hast du in der Nacht getan?", fragt die Mutter lauernd. „Weshalb bist du in der Wohnung herumgeschlichen?" Alex überlegt blitzschnell. „Ich bin nicht in der Wohnung herumgeschlichen!", wehrt er sich in recht überzeugendem Ton. „Aber Fritz behauptet das." „Fritz lügt! Warum sollte ich herumschleichen? Ich habe mein Bett überhaupt nicht verlassen!" „Mir hast du gesagt, du seiest auf der Toilette gewesen!", fährt Fritz dazwischen. „Wer lügt hier?" Alex wird wütend. „Du suchst Gründe, um mich bei den Eltern anzuschwärzen! Warum tust du das? Deine Lügen sind gemein!" Er beginnt zu weinen, doch seine Tränen sind nicht echt. Die Mutter wendet sich an Fritz. „Ich glaube tatsächlich, dass du Alex zu Unrecht beschuldigst", sagt sie langsam. „Du hast ja überhaupt keine Beweise. Dafür musst du bestraft werden. Du kriegst drei Wochen lang kein Taschengeld mehr." Alex triumphiert, doch das macht er nur im Stillen, denn jetzt darf er sich ja nichts anmerken lassen. „Siehst du?", sagt er unter den falschen Tränen zum Bruder. „Jetzt bist du noch schlimmer dran als ich. Ich bekomme nur sehr wenig Taschengeld, viel weniger als du. Du bekommst jetzt gar keines. Dann siehst du, wie es mir ergeht." Damit ist das letzte Wort gesprochen und die Sache damit abgeschlossen. Alex beobachtet in den folgenden Wochen, wie Fritz oft sehnsüchtig Süßigkeiten betrachtet, die er nicht kaufen kann, weil er zu wenig Geld hat. Früher hat er dieses Problem nicht gehabt. Doch als Fritz' Strafe vorüber ist und er wieder Taschengeld bekommt, kriegt Alex ein schlechtes Gewissen. Wenn Fritz an seiner Stelle so gehandelt hätte, wäre ihm das auch nicht recht gewesen. Soll er sich entschuldigen? „Nein", denkt er. „Fritz wird nie erfahren, dass ich ihn hereingelegt habe, wenn ich nichts sage. Aber ich will zur Entschädigung besonders nett zu ihm sein. Das wird ihm kaum auffallen, aber ich kann so mein Gewissen beruhigen." In den folgenden Tagen widerspricht Alex nicht, wenn Fritz das Fernsehprogramm wechseln will. Dies hatte nämlich schon oft zu Streit geführt. Alex drängt Fritz auch nicht dazu, abends die Nachttischlampe auszuschalten, obwohl es ihn gehörig nervt, wenn Fritz die Lampe so lange brennen lässt, weil er noch liest. Alex kann dann nicht einschlafen. In den drei Wochen hat er vor Scham und Angst ganz vergessen, seinen Plan, die Welt zu verbessern, weiterzuverfolgen. Jetzt fällt ihm ein, dass er ja viele Blätter mit einer Friedensbotschaft bedruckt hat, die er nun verteilen kann. Wo soll er anfangen? Einfach draußen vor dem Haus? Beim Bahnhof? Alex entscheidet, dass er spontan draußen vor dem Elternhaus stehen und den Leuten Blätter in die Hand drücken will. Er verlässt die Wohnung. Draußen ist es kalt, es regnet, die Leute gehen mit gesenkten Köpfen eilig vorüber. Alex versucht einige Male, die Aufmerksamkeit auf sich zu ziehen, doch es gelingt ihm nicht und schließlich gibt er es enttäuscht auf. Er kehrt in die Wohnung zurück. Doch er will sein Vorhaben nicht begraben. Gleich morgen möchte er sein Glück am Bahnhof versuchen. Am nächsten Tag regnet es nicht mehr. Alex geht mit einem guten Gefühl die lange Strecke zum Bahnhof. Er entnimmt der Plastiktasche, die er auf dem Weg sorgfältig unter dem Arm getragen hat, die Werbeblätter. „Nun spreche ich die Leute einfach an", denkt er. „Guten Tag, ich …", sagt er zu einem Mann, doch dieser würdigt ihn keines Blickes und eilt vorbei. Alex ist enttäuscht. Er wendet noch dreimal dieselbe Strategie an. Da er nicht beachtet wird, ändert er seine Taktik: „Wollen Sie die Welt auch verbessern?", fragt er und schon beim dritten Versuch bleibt eine Frau stehen, die ihn aber mit einem seltsamen Blick mustert. „Was meinst du damit?", fragt sie uninteressiert. Alex ist aufgeregt. Mit zitternden Händen reicht er der Frau ein Blatt. „Lesen Sie meine Botschaft", stammelt er nur. Die Frau nimmt das Papier wortlos entgegen und geht weiter. Alex beobachtet sie mit klopfendem Herzen. Er stellt fest, dass die Frau dem Blatt gar keine Beachtung schenkt und es ungelesen in einen Abfalleimer wirft. Alex seufzt. Doch er spricht weiter Leute an. Schließlich merkt er, dass der Bahnhof auch kein guter Ort für seine Aktion ist. Denn hier sind die Leute in Eile, die meisten müssen ja schnell ihren Zug erwischen. Alex verlässt enttäuscht den Bahnhof und macht sich auf den Heimweg. Als er beim Spielplatz vorbeigeht, fällt ihm etwas ein: „Diese Kinder sind nicht in Eile, sie haben Zeit und werden die Botschaft intensiv lesen. Sie werden dann auch ihren Eltern davon erzählen." Er betritt den Rasen. Einige Kinder rennen schreiend und lachend herum. „Hallo zusammen", ruft Alex. „Wollt ihr meine Botschaft vernehmen? Hier, lest selbst!" Die Kinder verstummen und schauen ihn erstaunt an. Dann beginnen sie zu kichern. „Was willst du uns sagen?" „Hier, lest selbst", sagt Alex ungeduldig und zeigt den Kindern ein Blatt. „Das ist interessant", gluckst ein Mädchen mit blonden Zöpfen. „Aber ich kann gar nicht lesen." „Woher weißt du dann, dass es interessant ist?", fragt der Junge, der neben ihm steht. „Das ist wohl alles Unsinn! Kommt, wir spielen weiter!" Gleich darauf wird Alex nicht mehr beachtet. Er startet noch einen verzweifelten Versuch, den Jungen und Mädchen sein Anliegen mitzuteilen. „Die Botschaft lautet: „Ab heute Frieden auf der ganzen Welt". Wenn dieses Ziel erreicht würde, wäre das doch toll, oder?" Der Versuch scheitert, er wird nicht beachtet. Niedergeschlagen will er nach Hause gehen. „Hoffentlich hat Mutter nichts von meiner erfolglosen Aktion bemerkt", denkt er traurig. Da kommt ihm eine attraktive junge Frau entgegen. Alex entscheidet blitzschnell, sie anzusprechen, um vielleicht doch noch einen Erfolg verbuchen zu können. „Guten Tag", sagt er schnell zu ihr. „Bitte lesen Sie meine Botschaft." Er streckt ihr das Flugblatt entgegen. Stirnrunzelnd liest sie es. Dann lacht sie und gibt ihm das Papier zurück. „Ich weiß, wo du hingehörst", kichert sie. „Geh ins Kloster." Sie geht weiter. Alex ist enttäuscht und macht sich auf den Heimweg. Zu Hause wartet seine Mutter bereits auf ihn. „Wo warst du?", fragt sie gleich. Alex will ihr für kein Geld der Welt erzählen, was er versucht hat. „Nirgends", murmelt er, wobei er seine Mutter nicht anschaut. Er will an ihr vorbei ins Zimmer schleichen. Die Mutter ergreift sein Kinn und zwingt ihn, ihr in die Augen zu schauen. „Sag die Wahrheit!", fordert sie streng. „Wenigstens sagst du etwas, wo man gleich merkt, dass du lügst. Du kannst nicht „nirgends" gewesen sein." Alex zögert. „Ich muss einfach lügen", denkt er und fährt möglichst beiläufig fort: „Ich war im Wald spazieren." „Alex!", ruft die Mutter streng. „Lüg jetzt nicht, das tust du sonst schon oft genug. Ich erhielt fünf Telefonanrufe von Leuten, die dich beobachtet haben, wie du Flugblätter verteilen wolltest. Sogar die Polizei meldete sich bei uns und fragte, ob wir unseren Jungen vermissen!" Alex lächelt. „Das glaube ich dir nicht. Woher sollten diese Leute wissen, wer ich bin und wo sie anrufen sollten?" Die Mutter setzt sich auf einen Stuhl. „Alex", sagt sie in einem etwas ruhigeren Ton. „Du bist sehr bekannt, viele Leute kennen dich, weil du ungewöhnlich bist. Du bist behindert, wie du ja weißt. Die Leute haben Mitleid mit dir …" Sie macht eine Pause und fährt dann etwas leiser fort: „… und auch mit mir und deinem Vater." „Warum denn?", fragt Alex erstaunt. Die Mutter seufzt. „Sie denken, dass wir dir sehr viel Zeit widmen müssen und mit deiner Erziehung ganz schön Schwierigkeiten haben. Wir würden wohl unsere anderen Kinder vernachlässigen." Alex schaut seiner Mutter in die Augen. „Und?", fragt er. „Stimmt das?" „Was?", fragt sie. „Dass wir unsere anderen Kinder vernachlässigen? Soll ich ehrlich sein? Ja, das stimmt! Papa und ich geben uns aber sehr viel Mühe, die Vernachlässigung so gering wie möglich zu halten." Alex fühlt sich, als hätte ihn seine Mutter geohrfeigt. Er geht in sein Zimmer, kriecht unter die Decke und weint bittere Tränen.

Am nächsten Tag denkt er nicht mehr an seinen Versuch, die Leute wach zu rütteln und sich für den Frieden einzusetzen. Er hat ein neues Vorhaben ins Auge gefasst. Nämlich die Umwelt. „Wir achten viel zu wenig auf unsere Umwelt", denkt er. „Wenn wir so weitermachen, wird sie in einigen Jahren zerstört sein. Dann kann die Menschheit beispielsweise kein Korn für Brot anbauen und ernten, es gibt keine Lebensmittel mehr und alle Menschen müssen verhungern." Er erschrickt. „Das wäre sehr traurig", sagt er laut. „Schon heute verhungern viele Leute, aber zum Glück nicht hier, sondern in anderen Ländern. Doch wenn wir so weitermachen wie bis jetzt und die Umwelt immer mehr verschmutzen, haben wir hier wohl auch bald zu wenig Lebensmittel." Alex bekommt es mit der Angst zu tun. Auf einmal bildet er sich ein, in seinem Bauch rumore es sehr stark, er habe einen Bärenhunger. Doch jetzt will er nichts essen. Er will die Nahrungsmittel anderen Leuten, die vielleicht schon tagelang nichts mehr gegessen haben, nicht wegnehmen. „Das ist eine Qual", denkt er. „Doch das Leben ist hart." Er blickt aus dem Fenster. Auf der Straße stauen sich die Autos. „Autos sind tickende Zeitbomben", stellt Alex fest. „Sie verschmutzen die Umwelt so sehr. Man sollte sie abschaffen. Das sollte zu erreichen sein." Er verlässt die Wohnung. Traurig betrachtet er die vorbeifahrenden Fahrzeuge, die, so bildet er sich ein, riesige Abgaswolken hinterlassen. Dann begibt er sich zu einem geparkten Wagen. Der Besitzer ist gerade dabei, Einkäufe im Kofferraum zu verstauen. Alex hat am Boden einen faustgroßen Stein gefunden. Er versteckt diesen hinter seinem Rücken, während er auf den Mann zugeht und ihn anspricht. „Wissen Sie, dass Sie die Umwelt kaputt machen, wenn Sie Auto fahren?" Der Mann blickt ihn erstaunt an. „Wie kommst du denn darauf?" „Ich will Ihnen das Autofahren austreiben!", schreit Alex und wirft den Stein mitten in die Windschutzscheibe, die natürlich zu Bruch geht. „Jetzt können Sie Ihr Auto nicht mehr benutzen, Sie müssen zu Fuß gehen oder mit dem Zug fahren, aber zumindest belasten Sie die Umwelt nicht mehr!" Er will davonrennen, doch der Mann packt ihn am Arm. „Moment, Bürschchen, so einfach kommst du mir nicht davon." Dann wird er richtig wütend und brüllt: „Siehst du, was du angestellt hast? Das kommt dich teuer zu stehen!" Alex versucht, sich aus dem klammernden Griff zu befreien. „Lassen Sie mich los!" Der Mann verpasst ihm eine schallende Ohrfeige. Alex wehrt sich nicht mehr und beginnt zu weinen. „Wie heißt du?", fragt der Mann zornig. „A… Alex", stottert Alex. Der Griff des Mannes lockert sich. „Du bist also dieser Alex, über den so viel gesprochen wird?", fragt er. „Ja, der bist du wohl." „Woher wollen Sie das wissen?", murmelt Alex. „Es gibt unzählige Jungen namens Alex." „Der viel genannte Alex wohnt hier in der Nähe und ihm wäre eine solche Tat, die du eben vollbracht hast, zuzutrauen." Alex weiß nicht, was er antworten soll, darum schweigt er. „Sind deine Eltern zu Hause?", fragt der Mann eine Spur freundlicher. „Ich denke, meine Mutter ist in der Wohnung." „Wir gehen sie nun gemeinsam besuchen." „Warum?", fragt Alex erstaunt. „Was wollen Sie von ihr?" „Du hast mein Auto beschädigt", antwortet der Mann nun wieder in ruppigem Ton. „Ich verlange von deinen Eltern, dass sie mir eine neue Windschutzscheibe bezahlen." Alex trottet niedergeschlagen neben dem Mann her. Endlich stehen sie vor der Wohnungstür und der Mann läutet. Alex möchte im Boden versinken. Nach dem Klingeln öffnet die Mutter sofort. „Alex, da bist du ja!", ruft sie erleichtert. „Es ist schon längst Essenszeit. Warum warst du nicht pünktlich?" Dann bemerkt sie den Mann. „Sie haben ihn hergebracht, vielen Dank, ich …" „Ich muss mit Ihnen sprechen", unterbricht der Mann ihren Wortschwall. „Ihr Schützling hat die Scheibe meines Autos beschädigt. Dafür werden Sie bezahlen!" Die Mutter schaut ungläubig drein. „Stimmt das wirklich?", fragt sie. „Hat mein Sohn wirklich so etwas gemacht?" „Ja, es stimmt", meldet sich Alex. „Ich wollte, dass er nicht mehr Auto fährt. Jeder Autofahrer verschmutzt die Umwelt. Man sollte die Autos abschaffen, sie machen die Umwelt mit ihren Abgasen kaputt." Die Mutter packt Alex bei den Schultern und schaut ihm in die Augen. „Deswegen darfst du keine Autos beschädigen. Das bringt nichts. Das gibt nur Ärger. Ich …" „Halten Sie Ihrem Bengel von einem Jungen diesen Vortrag später", ertönt plötzlich die Stimme des Mannes. „Ich bin in Eile. Bezahlen Sie den geforderten Betrag oder muss ich die Polizei rufen?" Fünf Minuten später ist alles geregelt und der Mann hat die Wohnung verlassen. Die Mutter fällt über Alex her: „Mensch, Alex, warum bereitest du mir solchen Kummer? Warum hast du die Scheibe des Autos eingeschlagen?" „Das habe ich doch schon gesagt", antwortet Alex und plötzlich schwingt in seiner Stimme eine Spur Stolz mit. „Ich habe mich für die Umwelt eingesetzt. Wenn es keine Autos mehr gäbe, ginge es der Umwelt viel besser. Dieser Typ kann sein Auto nicht mehr benutzen. Die Luft wird dank mir ein bisschen weniger verschmutzt." Die Mutter starrt ihn sprachlos an. „Dasselbe gilt übrigens auch für Flugzeuge", fährt Alex unbeirrt fort. „Sie verschmutzen die Umwelt noch viel stärker. Doch sie kann ich leider nicht mit einem Stein beschädigen. Ich muss mir etwas anderes einfallen lassen." „Alex!", brüllt die Mutter. „Mach keinen Unfug! Dein Verhalten ist gefährlich!" „Warum gibt es eigentlich Flugzeuge?", fragt Alex harmlos. „Man sollte sie auch abschaffen. Sie sind überhaupt nicht umweltfreundlich." Die Mutter lässt sich auf einen Stuhl sinken. „Lass mich jetzt in Ruhe. Geh bitte in dein Zimmer. Wir sprechen ein anderes Mal darüber." Alex gehorcht schweigend. Die Mutter hofft, dass Alex die Angelegenheit schnell vergisst und nie mehr ein Wort darüber verliert. Ihr Wunsch geht in Erfüllung und Alex spricht nie mehr davon, Autos und Flugzeuge abzuschaffen.

Am Sonntagnachmittag macht die Familie einen Waldspaziergang. Das gefällt Alex sehr. Er spaziert mit Anna einige Meter hinter seinen Eltern und Fritz. Er freut sich außergewöhnlich, als er ein Reh sieht. „Oh, ich möchte auch ein Reh sein", sagt er verträumt. „Ein Reh?", kichert Anna. „Willst du dauernd mit der Angst leben, dass du erschossen und gegessen wirst?" Alex erschrickt. „Wird das etwa mit diesem Reh gemacht?" „Klar, es wird wahrscheinlich in ein paar Wochen hübsch auf einem Teller angerichtet serviert. Vielleicht bist sogar du selbst derjenige, der es in Form eines Schnitzels isst." Alex hat plötzlich das Gefühl, er müsse sich übergeben. „Warum tut man das mit diesen unschuldigen Tieren?", schreit er. „Warum lässt man sie nicht leben?" „Warum fragst du das nicht einen Jäger?", entgegnet seine Schwester. „Ich kenne einige Jäger. Sie üben dieses Hobby mit Leidenschaft aus." ,,Hobby' nennen sie das?", entrüstet sich Alex. „Das ist Mord. Man sollte die Jagd verbieten." Plötzlich stehen ihm vor Zorn die Haare zu Berge, doch davon merkt Anna nichts. „Reg dich nicht so auf", beschwichtigt sie Alex. „Die Jagd muss sein. Unser Nachbar ist zum Beispiel auch ein Jäger." „Welcher Nachbar?", will Alex wissen, doch Anna antwortet nicht. Sie marschiert etwas schneller und hat schließlich die anderen Familienmitglieder aufgeholt. Alex tut es ihr gleich. Am Abend im Bett denkt er über die Jagd nach. „Diese unschuldigen Tiere werden erschossen. Ich werde alles tun, damit das verboten wird." Er überlegt, wie er vorgehen soll. „Am besten gehe ich direkt zur Polizei. Schließlich geht es um Mord." Am nächsten Tag ist er sehr ungeduldig. Er schaut dauernd auf die Uhr und kann sich überhaupt nicht auf den Unterricht konzentrieren. Endlich ist die Schule aus. „Nun gehe ich zur Polizei", nimmt er sich vor und will sich vom Schulgebäude entfernen. „Alex, wohin willst du?", ruft ein Kamerad. „Willst du nicht mit uns Ball spielen, bis der Bus kommt?" „Heute nicht", antwortet Alex knapp. Ohne einen Blick zurück marschiert er die Straße entlang, die, wie er weiß, zum Polizeiposten führt. Doch der Weg ist weiter, als er sich das vorgestellt hat. Endlich steht er vor der Polizeikaserne. Er schluckt zweimal und tritt ein. Zögernd schaut er sich um. „Was willst du?", ertönt eine Stimme und Alex erschrickt beinahe zu Tode. „Ich … möchte ein Verbot einführen", stammelt er. „Und zwar geht es um das Erschießen unschuldiger Tiere im Wald. Man nennt es Jagd." Erst jetzt betrachtet er den Mann genauer. Er ist ein breitschultriger, bärtiger Mann kräftiger Statur. „Genau wie der Räuber Hotzenplotz sieht er aus", denkt Alex. „Aber er ist ja kein Räuber, kein schlechter Mann. Im Gegenteil. Der Polizei kann jeder vertrauen." Der Polizist hebt die Brauen. „Die Jagd verbieten? Junge, die Jagd muss sein. Man tut damit sogar den Tieren einen Gefallen. Stell dir vor, wie viele Tiere es gäbe, wenn man den Bestand nicht unter Kontrolle halten würde. Dann hätten sie nicht genug zu fressen und müssten verhungern." „Aber … diese armen Wildtiere … sie werden einfach erschossen … Die Jäger sind Mörder!" Der Polizist schaut Alex nachdenklich an und murmelt nur: „Junge, Junge …" „Jetzt weiß ich, warum Sie die Jäger verteidigen", sagt Alex plötzlich. „Sie stecken mit ihnen unter einer Decke! Sie töten auch Tiere! Und wahrscheinlich auch Menschen! Die Pistole an Ihrem Hosenbund ist der Beweis dafür!" Alex wird hysterisch und beginnt zu schreien. „Ein Mörder bist du! Wie viele Leute hast du schon erschossen? Ich verschwinde besser gleich von hier, sonst bringst du mich auch noch um!" Er hat gar nicht bemerkt, dass er zum respektlosen Du gewechselt hat. „Ich bin in Lebensgefahr! Nichts wie weg hier!" Er dreht sich um und will davonrennen. Der Polizist hält ihn allerdings fest. „Halt, halt, Junge, so geht das nicht. Mit Polizeibeamten darfst du nicht auf diese Art sprechen. Du könntest wegen Beamtenbeleidigung angeklagt werden." Alex erbleicht. Er schaut den Polizisten an. „Müsste ich dann ins Gefängnis?", fragt er ängstlich und sieht sich schon angekettet in einer dunklen und schmutzigen Zelle sitzen. „Nein, nein", beruhigt ihn der Polizist. „Du respektive deine Eltern müssten eine Buße bezahlen. Willst du deine Eltern mit einer Buße belasten?" „Nein", gibt Alex kleinlaut zu. „Das möchte ich nicht. Sie haben schon genug Kummer mit mir." „Einsicht ist der beste Weg zur Besserung", meint der Polizist nur und lässt Alex gehen. Alex ist erleichtert. „Hoffentlich erfahren meine Eltern nichts von meinem Besuch bei der Polizei", denkt er. „Sie würden schimpfen, wenn sie wissen würden, was ich getan habe." Er will nach Hause. „Der Bus fährt aber erst in einer Stunde", denkt er. „Das ist eigentlich blöd. Sonst vergeht die Zeit beim Ballspielen mit meinen Kameraden immer schnell. Doch heute gehe ich nicht mehr zu ihnen, sonst fragen sie mich aus und ich muss ihnen alles erzählen." Er geht ein paar Schritte die Straße entlang. Plötzlich fühlt er sich beobachtet. Er bildet sich ein, hinter der Hausecke einen Jackenzipfel gesehen zu haben, und bleibt ruckartig stehen. „Oh nein", denkt er. „Bei der nächsten Hausecke werde ich sicher überfallen. Ich befinde mich in der Nähe des Polizeipostens und des Gefängnisses. Vielleicht ist gerade eben ein Häftling ausgebrochen und will mich überfallen. Möglicherweise nimmt er mich als Geisel." Alex beginnt zu zittern. „Was soll ich bloß tun?", denkt er verzweifelt. „Meine Lage ist aussichtslos. Aber wenn ich hier noch länger warte, wird es dunkel und dann fällt es dem Räuber noch leichter, mich zu überfallen." Er holt tief Luft und beginnt zu rennen. Da seine Kondition schlecht ist, fängt er schnell zu keuchen an. Trotzdem verlangsamt er sein Tempo erst, als er seine Kameraden sehen kann. Nun muss er noch eine Weile auf den Bus warten. Doch er findet es schön, dem Ballspiel seiner Kameraden zuzusehen. „Das habe ich bis jetzt gar nicht gemerkt", denkt er. „Zuschauen ist fast genauso schön wie Mitspielen." Endlich fährt der Schulbus vor. Seine Kollegen beenden das Spiel lachend, verlassen den Platz und besteigen den Bus. Alex wird neidisch. „Sie hatten es heute wohl besonders lustig", denkt er. „Und ich war nicht dabei. Hoffentlich war nicht gerade das der Grund, warum ihr Spiel heute lustiger war als sonst." Nach wenigen Minuten hält der Bus an der Stelle, wo Alex aussteigen muss. Er ist erleichtert, dass er nur wenige Minuten zu Fuß gehen muss, bis er zu Hause ist. Doch heute erscheint ihm dieser kurze Weg viel länger als sonst. Er schaut dauernd über die Schultern zurück. Er hat das Gefühl, dass der Mann, der ihn heute wohl schon beobachtet hat, ihn wieder ausspioniert. Alex ist sichtlich erleichtert, als er zu Hause angekommen ist. Er öffnet die Haustür und prallt beinahe mit seiner Mutter zusammen. Er merkt gleich, dass etwas nicht in Ordnung ist. Die Sorgenfalten in ihrem Gesicht kennt er zur Genüge. „Alex …", sagt die Mutter langsam. „Was hast du wieder angestellt?" Alex versucht, eine Unschuldsmiene aufzusetzen. „Das weiß ich doch nicht", antwortet er. „Nicht?", fragt seine Mutter leise. „Alex … Heute hat die Polizei angerufen. Ich erschrak zuerst gehörig, weil ich dachte, dir sei etwas geschehen. Doch dann erfuhr ich, dass du selbst auf den Polizeiposten gegangen bist …, um ein Jagdverbot einzuführen …" „Ja", murmelt Alex. „Ich habe aber nichts erreicht." Dann wird er hellhörig. „Die Polizei hat angerufen? Ich glaube, du lügst, Mama. Ich war nicht lange bei der Polizei. Ich wurde nicht ernst genommen. Ich kam nicht einmal dazu, meinen Namen zu nennen. Woher sollen sie wissen, wo sie anrufen sollten?" „Das kann ich dir genau sagen", antwortet die Mutter. „Du bist etwas Besonderes, Alex. Besondere Leute fallen auf. Beinahe alle kennen dich." Alex lächelt. „Eigentlich ist das toll. Aber jetzt will ich ins Bett." Die Mutter lässt ihn gewähren. Sie schämt sich für den Gedanken, dass sie beinahe froh darüber ist, sich bis zum nächsten Morgen nicht mehr um Alex kümmern zu müssen, da er tief und fest schläft und nichts anstellt. Alex träumt in der Nacht von der Polizei und am nächsten Morgen fällt ihm sein „Abenteuer" sofort wieder ein. Jetzt, da er darüber geschlafen hat, erscheint ihm die Geschichte angenehm. „Der Polizist war recht freundlich, obwohl er Grund gehabt hätte, böse zu sein, denn ich war frech. Eigentlich war es gar nicht schlimm. Die Polizei ist nett. Ich möchte wieder auf den Polizeiposten." Er denkt nach. „Wie kann ich das erreichen? Soll ich … jemanden töten?" In diesem Moment erbleicht er. Er schämt sich gehörig für diesen Gedanken, faltet schnell die Hände und bittet Gott um Vergebung für diese Mordabsichten. Dann überlegt er, was er tun könnte. „Ich möchte keine Menschen verletzen und auch nichts stehlen. Ich könnte einen Einbruch verüben, mich aber so ungeschickt anstellen, dass ich gleich erwischt werde. Ja genau, das werde ich tun." Er beginnt zu planen. Wo und wann soll er sein Vorhaben in die Tat umsetzen? „Ich kann mich auf dem Schulweg mal unauffällig umsehen." In den nächsten Tagen verrenkt er sich im Bus jeweils fast den Hals, weil er sich nach einem geeigneten Haus umschaut. Seine Mitfahrer wundern sich. „Dir fällt wohl bald der Kopf ab", lachen sie. Alex sagt natürlich nicht, was er vorhat. Er erblickt nicht weit von zu Hause ein Gebäude, dessen Fenster ebenerdig und groß sind. Es ist von der Straße aus gut sichtbar. „Das ist perfekt. Ich will ja beobachtet und festgenommen werden." Er prägt sich den Weg ein. Am nächsten Tag macht er sich zu Fuß auf zu diesem Haus. Er hat ausgerechnet, dass er etwa eine halbe Stunde marschieren muss. Alex hat nur eine Taschenlampe dabei. Einen Hammer, um eine Scheibe einzuschlagen, wollte er zuerst auch mitnehmen, doch dann überlegte er, dass eine kaputte Scheibe großen Ärger geben würde. „Meine Eltern käme das teuer zu stehen. Das will ich nicht." Als er ankommt, bricht gerade die Abenddämmerung herein. „Perfekt", grinst er in sich hinein. Er nähert sich dem Haus vorsichtig. Im Erdgeschoss steht ein Fenster offen. Alex schaut nach links und rechts, dann wirft er einen Blick hinter sich. Niemand befindet sich in der Nähe. „Aber auf der Straße fahren dauernd Autos vorbei", grübelt er. „Jemand wird sicher die Polizei benachrichtigen." Er stößt das Fenster auf und klettert hinein. Drinnen hört er Stimmengemurmel und kommt sich lächerlich vor. Wahrscheinlich wäre die Haustür offen gewesen und er hätte nicht zum Fenster hineinklettern müssen. „Aber ich muss aufpassen, die Bewohner sind zu Hause", denkt er, doch da fällt ihm gleich ein, dass er sich ja erwischen lassen will. Er schaut sich um und stellt fest, dass er sich wohl in einem Büro befindet. „Hier ist sicher irgendwo Geld versteckt", denkt er und beginnt, eine Schreibtischschublade nach der anderen zu öffnen. Dabei macht er möglichst viel Lärm. Schließlich hört er in der Etage über sich Schritte. „Gleich wird jemand kommen und mich verhaften lassen", denkt er aufgeregt. Nach einer Weile öffnet sich die Bürotür. Alex tut so, als durchsuche er hektisch das Büro. „Mama, Papa, ein Einbrecher!", kreischt eine Mädchenstimme. Alex lächelt zufrieden. „Gleich ist es so weit!", denkt er. Schwere Schritte nähern sich, jemand stößt das Mädchen zur Seite, packt Alex, drückt ihn zu Boden und hält seine Hände fest. „Pass auf, er könnte gefährlich sein!", ruft das Mädchen. „Reich mir ein Tuch, ich verbinde ihm die Augen", keucht der Vater. „Wenn er nichts mehr sehen kann, wird er sich wohl nicht mehr zur Wehr setzen. Sag Mama, sie soll die Polizei rufen." „Hier ist ein Kopftuch", japst das Mädchen und fast im selben Augenblick umhüllt tiefe Finsternis Alex' Wahrnehmung. Er kann überhaupt nichts mehr sehen. Auch das Atmen fällt ihm schwer, da das Tuch auch seinen Mund verdeckt. Er kann es unmöglich wegziehen, da der Mann seine Arme fest im Griff hat. Das Gewicht des Mannes lastet schwer auf seinem Körper. Alex hört, wie sich das Mädchen entfernt und der Mutter aufgeregte Worte zuruft. „Was geschieht nun?", fragt er sich ängstlich. „Ich habe mir diesen Einbruch etwas anders vorgestellt." Jetzt, da es ernst wird, erscheint ihm die Situation nicht mehr angenehm. Wird er von der Polizei wieder freundlich behandelt? „Vielleicht nicht", denkt Alex. „Vielleicht ist es besser, von hier zu verschwinden." Er versucht, sich aufzurichten, doch der Mann drückt ihn brutal zu Boden und murmelt: „Einbrecher gehören ins Gefängnis. Deine kriminelle Laufbahn ist zu Ende." Alex fragt sich, ob dieser Mann, der, wie Alex vermutet, wohl der Hausherr ist, ihn kennt, ob er weiß, dass er einen behinderten, jungen Buben beschuldigt, ein Einbrecher zu sein, und zu Unrecht von einer kriminellen Laufbahn spricht. Einige Minuten verstreichen, in denen Alex keinen einzigen Laut von sich gibt. Dann hört er Sirenengeheul und weiß, dass nun die Polizei kommt. „Die Polizisten kennen mich", denkt er. „Mir wird nichts geschehen, sie lassen mich sicher laufen." Plötzlich springt die Tür auf, und Alex erschrickt. In der Tür stehen zwei Polizisten mit gezückter Pistole. „Ich habe den Einbrecher überwältigt", erklärt der Hausherr. „Nehmen Sie ihn fest." Er erhebt sich und Alex ist unheimlich froh, dass er vom Gewicht des Mannes, das ihn fast erdrückt hat, befreit ist. Ein Polizist, der Handschellen in der Hand trägt, nähert sich ihm. Ungläubig starrt er Alex an. „Wissen Sie", sagt er langsam und dreht sich zu dem Mann um, „dass Sie keinen Einbrecher, sondern einen Jungen gefangen haben?" „Diese Person ist ins Haus eingebrochen", kommt die schroffe Antwort. „Das ist schlimm genug. Es ist doch egal, ob er ein Junge oder ein Greis ist, er gehört eingesperrt." „Ich kenne diesen Jungen", sagt der Polizist und Alex wird aufgeregt. „Das ist ja noch schlimmer", knurrt der Mann. „Dann ist er ein Wiederholungstäter." „Nein, nein", entgegnet der Polizist. „Sie haben doch sicher schon von dem cerebral gelähmten Jungen, der Fantasie und Wirklichkeit nicht unterscheiden kann, gehört." Alex' Eingeweide ziehen sich zusammen. Man nennt ihn „der cerebral gelähmte Junge, der Fantasie und Wirklichkeit nicht unterscheiden kann"? „Das ist eine Beleidigung", denkt er. Der Mann sagt trotzig: „Nein, habe ich nicht! Und selbst wenn, dieser Junge gehört verhaftet und eingesperrt. Ziehen Sie ihm Handschellen an und führen Sie ihn ab. Stecken Sie ihn für ein paar Jahre in einen Kerker." „Nun seien Sie doch nicht so hart", antwortet der Polizist. „Wir sind keine Unmenschen. Kinder stecken wir nicht ins Gefängnis. Sie kommen höchstens in ein Heim." Alex bekommt Angst. Er will nicht ins Heim! Die Sonderschule ist schon schlimm genug. „Was geschieht mit mir?", fragt er ängstlich. Der Polizist wendet sich ihm zu und sagt beruhigend: „Wir bringen dich zu deinen Eltern." „Was tun

Sie?", fährt der Mann dazwischen. „Sie wollen ihn zu seinen Eltern bringen? Das lasse ich nicht zu! Möglicherweise haben die ihren Jungen zum Einbruch angestiftet. Verhaften Sie seine Eltern ebenfalls." Alex glaubt, sich verhört zu haben. „Ziehen Sie meine Eltern nicht da rein", bittet er. Der Mann versetzt ihm einen Schlag auf den Kopf und brüllt: „Halt den Mund!" Der Polizist sagt schnell: „Ich glaube, wir müssen das weitere Vorgehen in Ruhe besprechen. Es ist besser, wenn Alex es nicht hört. Wir gehen in den Raum nebenan." „Und dieser gefährliche Bengel soll allein hier bleiben?" „Nein, ich bewache ihn", sagt der zweite Polizist, der sich bis jetzt still verhalten hat. Widerwillig folgt der Mann dem Polizisten in das Zimmer nebenan. Alex wartet. Er überlegt, ob er mit dem Polizisten, der ihn bewacht, ein Gespräch beginnen soll. Noch bevor er sich entschieden hat, fragt der Polizist ihn: „Warum hast du das getan? Warum bist du in ein Haus eingebrochen? Du hast dir doch denken können, dass das niemals klappt. Waren dir die Konsequenzen nicht bewusst?" Alex antwortet nicht. Er kann dem Polizisten doch nicht sagen, dass er hat verhaftet werden wollen, sich das Ganze aber einfacher vorgestellt hat. „Du weißt es selbst nicht", unterbricht der Polizist seine Gedanken. „Junge, das war blöd." Die Tür geht auf und der Polizist und der Mann erscheinen. Der Mann grinst und Alex befürchtet das Schlimmste. „Wir haben uns einigen können", erklärt der Polizist in ruhigem, sachlichem Ton. „Alex, du musst mit uns kommen." Alex erbleicht. „Was geschieht mit mir?", fragt er erneut. „Das möchtest du wohl gern wissen", grinst der Mann. „Warte nur ab. Du wirst es früh genug erfahren." Alex ist entmutigt. „Die Ungewissheit ist schlimmer als alles andere", denkt er. Ein Polizist packt Alex mit Polizeigriff am Arm. „Komm mit!" Die Polizisten verlassen mit Alex die Wohnung. Vor dem Haus ist ein Polizeiauto parkiert, in das Alex steigen muss. Die Fahrt zum Polizeiposten dauert etwa zehn Minuten. Alex überlegt fieberhaft, ob er bei der ersten Gelegenheit versuchen soll zu fliehen. „Nein", denkt er dann. „Damit würde alles nur noch schlimmer." Man führt ihn ins Haus. „So, jetzt klären wir dich auf", sagt ein Polizist. „Du wirst in eine Gefängniszelle gesteckt." „Das hätte ich mir selbst ausrechnen können", denkt Alex bei sich. „Doch für wie lange? Ein paar Tage oder ein paar … Jahre?" Er wagt nicht, zu fragen, da er sich vor der Antwort fürchtet. Schweigend folgt er dem Polizisten in einen Raum, denn er hat begriffen, dass es wohl besser ist, zu tun, was von ihm verlangt wird. „So, diese Zelle hier ist speziell für Kinder eingerichtet, sie wird sehr selten benutzt", sagt der Polizist. „Wenn du etwas brauchst, dann drücke einfach auf die Klingel." Er verlässt das Zimmer, bevor Alex eine weitere Frage stellen kann. Alex schaut sich um. „"Zelle" nennt man das?", murmelt er. „Hat man mich versehentlich an den falschen Ort gebracht? Und … man hat vergessen, mir Gefängniskleider zu geben. Ich glaube, ich muss die Polizisten darauf aufmerksam machen." Er hat schon fast die Klingel gedrückt, da überlegt er es sich anders. „Das wird schon alles korrekt sein", denkt er. „Der Polizist sagte, sie seien keine Unmenschen. Doch er sagte auch, Kinder würden sie nicht ins Gefängnis stecken. Und wo bin ich jetzt?" Alex setzt sich aufs Bett und wartet. Ihm ist langweilig. Da öffnet sich die Tür und ein Polizist kommt herein. „Hier ist dein Abendessen", sagt er. „Du bist sicher hungrig." Alex ist überrascht, dass er Spaghetti Bolognese bekommt und nicht nur Wasser und Brot. Er hat den Mund schon geöffnet, um zu fragen, warum ihm eine normale Mahlzeit serviert wird, da erinnert er sich an die Worte des Polizisten: „Wir sind keine Unmenschen." Schweigend genießt er das köstliche Essen. Der Polizist wartet, bis er fertig gegessen hat, und sagt dann: „So, jetzt hast du voraussichtlich bis morgen mit niemandem Kontakt mehr. Ich hoffe, du kannst gut schlafen.

Eigentlich unterscheidet sich die Atmosphäre hier nicht von derjenigen in deinem Schlafzimmer." Alex ist nicht ganz dieser Meinung, denn er findet die Luft ein wenig stickig, doch das sagt er nicht. Stattdessen fragt er: „Wie spät ist es?" „Schau, dort ist eine Uhr", antwortet der Polizist und deutet in eine Ecke. Alex schaut in die Richtung und entdeckt tatsächlich eine digitale Zeitangabe. Er nickt. Der Polizist geht hinaus und die Tür fällt hinter ihm ins Schloss. Alex setzt sich auf einen Stuhl und wippt mit seinem Oberkörper nach vorne und hinten. Dauernd wirft er einen Blick auf die Uhr. Er ist überzeugt, dass sie stehen geblieben ist. Die Zelle hat kein Fenster. „Ist es draußen dunkel?", denkt er, schaut abermals auf die Uhr und seufzt. Nach einer Weile meldet sich seine Blase. Er muss aufs WC. „Ich rufe einen Polizisten, damit man mich hier schnell raus lässt und ich auf die Toilette kann", beschließt er, „sonst passiert noch ein Unglück." Er betätigt die Klingel und eine halbe Minute später erscheint ein Polizist. „Was willst du?", fragt er nicht unfreundlich. Alex erklärt, dass er pinkeln muss. „Die Toilette befindet sich dort", sagt der Polizist, deutet auf eine unauffällige Tür auf der gegenüberliegenden Seite des Einganges und verschwindet schnell. Das Schloss klickt beim Abschließen laut. Alex öffnet die Tür und findet tatsächlich eine einfache Toilette vor. „Zum Glück ist der Polizist gekommen", denkt er. „Vorher hat er nämlich gesagt, ich hätte bis morgen mit niemandem Kontakt." Er erleichtert sich und sitzt fünf Minuten später wieder auf dem Stuhl. „Eigentlich geht es mir hier gar nicht so schlecht", denkt er. Er schaut auf die Uhr und findet, dass er schlafen gehen könnte. Aber er hat keinen Pyjama mit. „Ich lege mich einfach mit diesen Kleidern ins Bett. Daran muss ich mich vielleicht gewöhnen. Wer weiß, wie lange ich hier bleiben muss." Eine halbe Stunde später schläft er tief und fest. Er merkt nichts davon, dass jede Stunde ein Polizist auftaucht und nach ihm schaut. Am nächsten Morgen erwacht Alex früh. Er kann sich an nichts erinnern und hat keine Ahnung, wo er sich befindet. Da erscheint wieder ein Polizist für die stündliche Kontrolle. „Ah, du bist aufgewacht", sagt er. „Willst du jetzt schon frühstücken oder erst später?" Alex ist verwirrt. „Was ist eigentlich los?", fragt er. „Wo ist Mama?" „Deine Mutter ist zu Hause. Wir haben sie gestern angerufen und ihr berichtet, was vorgefallen ist." Alex blickt verständnislos. „Was ist vorgefallen?", fragt er vorsichtig. Der Polizist betritt die Zelle, achtet aber darauf, dass er den Eingang versperrt. „Wir haben dich gestern festnehmen müssen", erklärt er geduldig. „Weil du in ein Haus eingebrochen bist." Langsam nimmt die Erinnerung an das Geschehene in Alex' Kopf Gestalt an. „Ich erinnere mich wieder", sagt er. „Dann ist es gut", lobt der Polizist und fügt hinzu: „Willst du jetzt frühstücken?" „Wasser und Brot?", fragt Alex. „Milch und Brot", lacht der Polizist. „Und Butter und Honig. Und wenn du willst, bekommst du noch Kakaopulver für die Milch." Alex nickt. Der Polizist verschwindet und kommt wenige Minuten später mit dem versprochenen Frühstück zurück. Alex genießt die Mahlzeit. „Es ist sogar besser als zu Hause", denkt er. Nach dem Frühstück beschließt er, den Tatsachen ins Gesicht zu sehen und die Frage, die ihn fast um den Verstand bringt, zu stellen. „Wie lange muss ich hier bleiben?", fragt er. Der Polizist schaut ihm einige Sekunden lang in die Augen. Alex macht sich auf etwas Schlimmes gefasst. „Deine Eltern kommen dich in einer halben Stunde abholen", sagt der Polizist dann. „Du bist noch ein Kind. Wir sperren doch keine Kinder ein und verbauen ihnen damit die Zukunft. Ein Kind muss in die Schule gehen, spielen und sich körperlich entwickeln. Wir sind keine Unmenschen. Ich hoffe, die Nacht im Gefängnis hat dich abgeschreckt und du machst nie mehr etwas, das dich in den Knast bringt." Alex antwortet nicht. Er will nicht verraten, dass er hat verhaftet werden *wollen*, dass es ihm mit seinem Einbruch gelungen ist und dass er Lust hat, es wieder einmal zu tun. Es ist, als hätte der Polizist seine Gedanken gelesen. „Du hast einen Einbruch verübt. Mach das nie wieder", sagt der Polizist. „Im Wiederholungsfall würdest du strenger behandelt." Alex nimmt sich vor, den Rat zu befolgen und nie wieder eine kriminelle Handlung zu begehen. Er ahnt nicht, dass er diesen Vorsatz sehr schnell brechen würde. Ein paar Tage später geht er mit seiner Mutter und den Geschwistern einkaufen. Alex staunt, wie viele verschiedene Lebensmittel es gibt. Bei den Süßigkeiten bleibt er stehen und betrachtet sehnsüchtig die Schokoladen. „Möchtest du eine solche Schokolade?", fragt Fritz. „Ja", antwortet Alex freudig, denn er glaubt, Fritz würde ihm eine Schokolade kaufen. „Ich eigentlich auch", sagt Fritz, „aber ich setze Prioritäten. Ich verzichte auf sie und kaufe mir stattdessen etwas Sinnvolles." Alex macht eine so traurige Miene, dass sich Fritz erbarmt. „Ich gebe dafür kein Geld aus", sagt er geheimnisvoll. „Aber ich kriege sie trotzdem." Er greift blitzschnell nach der Süßigkeit und lässt sie in seiner Jackentasche verschwinden. Alex starrt ihn mit offenem Mund sprachlos an. „Du wirst sehen", beruhigt ihn Fritz, „dass niemand etwas bemerkt." Als Alex ängstlich um sich schaut, um sich zu vergewissern, dass Fritz nicht beobachtet wurde, legt dieser die Schokolade schnell ins Regal zurück.

Inzwischen hat die Mutter die nötigen Einkäufe getätigt und steuert die Kasse an. Sie drängt ihre Kinder zur Eile. „Kommt, wir wollen noch in eine Bäckerei, die schließt in einer halben Stunde." Alex hat ein flaues Gefühl im Magen. „Gleich werden Sirenen heulen, und Fritz' strafbare Handlung fliegt auf. Dann wird er verhaftet." Er ist sehr verwundert, als überhaupt nichts geschieht. Die Mutter kann mit den Kindern das Einkaufszentrum ohne Zwischenfall verlassen. Sie gehen in die Bäckerei, die nicht weit entfernt ist. „Ich bewundere dich. Wie

hast du das bloß geschafft?", murmelt Alex anerkennend. „Das ist reine Übungssache, das habe ich schon oft getan", blufft Fritz, doch in Wahrheit hat er noch nie auch nur einen Knopf gestohlen, auch die vermeintlich geklaute Schokolade besitzt er nicht. „Du hast versprochen, mir die Schokolade zu schenken", behauptet Alex. „Das habe ich nicht!", antwortet Fritz in einem scharfen Ton, der, wie Alex weiß, keine Diskussion zulässt. Er seufzt und denkt: „Ich muss es selbst versuchen."
Zwei Wochen später begleitet er seine Mutter wieder in das Einkaufszentrum. Seine Geschwister sind nicht dabei. „Heute kann ich beginnen, stehlen zu üben", denkt Alex aufgeregt. „Fritz sagte, es sei reine Übungssache. Aber ich fange doch lieber mal mit einer Kleinigkeit an." Er schaut sich um. Sein Blick fällt auf eine Packung Überraschungseier. „Die werde ich stehlen", denkt er. Möglichst unauffällig packt er die kleine Schachtel und stopft sie in seine Jackentasche, wie er es bei Fritz beobachtet hat. Sein Herz klopft. „Ich muss mich möglichst unauffällig benehmen", denkt er. „Ich muss einfach bei der Mutter bleiben." Er findet, dass sich die Mutter heute besonders viel Zeit zum Einkaufen nimmt. „Aber ich darf sie nicht zur Eile drängen", denkt er. „Das wäre auffällig." Endlich ist die Mutter fertig. Alex ist unheimlich erleichtert. „Aber jetzt kommt der schwierigste Teil", glaubt er. „Hoffentlich kann ich den Laden verlassen, ohne dass mein Diebstahl auffliegt." Er folgt der Mutter zur Kasse und bleibt dicht bei ihr, damit die Verkäuferin sieht, dass er nichts zu bezahlen hat. „Hoffentlich bin ich nicht bleich", denkt er. „Das würde auffallen." Ihm erscheint es wie ein kleines Wunder, als er fünf Minuten später draußen in der Sonne steht. „Ich habe es geschafft", denkt er triumphierend. „Meine Tat ist wohl gar nicht so schlimm, sonst würde es jetzt regnen." Er kann es kaum erwarten, Fritz seine Beute zu zeigen, und denkt zufrieden: „Er wird mich bewundern." Kurz vor dem Abendessen sagt er geheimnis-

voll zu Fritz, er müsse ihm etwas zeigen, das ihn in Erstaunen versetzen wird. Gespannt folgt ihm Fritz zur Garderobe. Alex zieht stolz die Packung Überraschungseier aus der Jackentasche. „Diese habe ich heute gestohlen", verkündet er. Fritz ist perplex. „Nein, das hast du nicht getan!" „Doch", jubelt Alex. Er erwartet, dass Fritz bewundernd durch die Zähne pfeift. Dessen Miene verfinstert sich aber. „Du hast gestohlen …", sagt er tonlos. „Du hast dem Einkaufszentrum finanziellen Schaden zugefügt …" „Aber du hast es doch auch getan", versucht Alex die Situation zu verharmlosen. „Du hast eine Schokolade gestohlen." „Habe ich nicht", antwortet Fritz knapp. „Das würde ich nie tun. Ich habe die Schokolade ins Verkaufsregal zurückgelegt, als du nicht hingeschaut hast. Ein Diebstahl wäre aufgeflogen, die Ware ist elektronisch gesichert." „Aber", wundert sich Alex, „warum hat es denn bei mir geklappt?" „Das weiß ich nicht", erwidert Fritz. Nach einem Blick auf die Uhr sagt er: „Komm, das Abendessen sollte bereit sein." Alex ist froh, dass er mit Fritz nicht mehr darüber sprechen muss, und versteckt die Eier schnell unter seinem eigenen Bett. Er verschwendet keinen Gedanken daran, dass ihm etwas Schlimmes bevorstehen könnte. Als die ganze Familie am Tisch sitzt, sagt Fritz: „Alex hat heute eine Dummheit begangen." Die Eltern erstarren und Fritz wendet sich an Alex: „Willst du es ihnen selbst sagen oder muss ich es tun?" Alex erbleicht, doch dann fällt ihm blitzschnell eine Methode ein, mit der er vielleicht eine Strafe abwenden kann. Er sagt: „Ich weiß nicht, was du meinst. Ich kann mich an nichts erinnern, ich habe ja so ein schlechtes Gedächtnis." Der Vater wird hellhörig. „Alex, was hast du wieder ausgefressen?" Alex senkt den Kopf. „Nichts …", murmelt er. „Ich kann es euch erzählen", verkündet Fritz. „Er hat gestohlen." Am Tisch herrscht mit einem Schlag Totenstille. Dann holt der Vater tief Luft. „Alex", sagt er langsam. „Dein Name ist bereits im Strafregister vermerkt. Mach es nicht noch schlimmer!" Alex versteht nicht, was der Vater genau meint, aber das sagt er nicht. Er entscheidet sich, die Wahrheit zu beichten. „Ich habe eine Packung Überraschungseier gestohlen", gibt er zu. „Aber dies ist doch nicht schlimm. Sie kosten doch nur ganz wenig." „Wo sind die Eier?", fragt der Vater. Alex denkt einen Augenblick nach und sagt dann: „In meinem Zimmer." „Morgen wirst du sie ins Einkaufszentrum zurückbringen", sagt der Vater bestimmt. „Ich werde dich begleiten, damit alles mit rechten Dingen zugeht." Alex ist elend zumute. In der Nacht macht er kein Auge zu. Am nächsten Tag steht er gegen Mittag mit seinem Vater vor einer Kasse im Einkaufszentrum. „Ich habe gestern Überraschungseier gestohlen", sagt er mit klarer und lauter Stimme zur Verkäuferin und streckt ihr die Schachtel entgegen. Die Verkäuferin ist überrascht. Sie wendet sich an den Vater. „Wegen einer solchen Kleinigkeit hätten Sie den armen Alex doch nicht so streng behandeln müssen", sagt sie zu ihm. „Er kann die Überraschungseier ruhig behalten. Und schenken Sie Ihrem Jungen ab und zu Schokolade, damit er sie nicht stehlen muss." Alex ist glücklich.

Als er am Sonntag mit der Familie am Mittagstisch sitzt und das feine Essen genießt, sagt Anna plötzlich: „Alex, weißt du, was du gerade tust?" Verwundert blickt Alex seine Schwester an und antwortet: „Nein." „Möglicherweise", sagt Anna geheimnisvoll, „isst du gerade das Reh, das dich kürzlich im Wald so erfreut hat." „Unsinn", fährt der Vater dazwischen. „Alex, du musst keine Angst haben, Anna erzählt Quatsch. Das ist kein Rehfleisch. Es handelt sich um Schweinefleisch, das ich gestern direkt in der Metzgerei gekauft habe." „Also gut, dann ist es halt ein Schwein, das getötet wurde", erwidert Anna ungerührt. „Aber das ist genauso schlimm. Wenn es nicht der Jäger getan hat, dann wurde dieses arme Schwein eben vom Metzger umgebracht." Sie weiß selbst, dass sie Unsinn erzählt, doch sie will Alex provozieren. Die Reaktion kommt auch prompt: „Was hat der Metzger getan?", schreit Alex. „Dann ist er ja ein Mörder!" Er schaut auf seinen Teller und schiebt ihn von sich weg. „Mir ist der Appetit vergangen", murmelt er. „Alex, sei vernünftig", bittet ihn die Mutter. „Es ist überhaupt nicht wahr, was Anna behauptet!" Alex sitzt zusammengesunken auf seinem Stuhl und starrt traurig zu Boden. Die Eltern knöpfen sich Anna vor. „Warum hast du ihm das gesagt? Das ist gemein! Eigentlich mag er Schweinefleisch." Anna lacht nur. Am Nachmittag wird das Thema nicht mehr erwähnt, doch Alex kann an nichts anderes mehr denken. „Der Metzger ist schuld am Tod von unzähligen Tieren", denkt er. „Wie kann jemand freiwillig einen solchen Beruf ausüben …" Auch am nächsten Tag hat er es nicht vergessen. Nach der Schule spielt er nicht mit den anderen, sondern steuert den Dorfladen an. Er hat das Geschäft schon beinahe betreten, da fällt ihm ein, dass sich die Metzgerei ja an einem ganz anderen Ort befindet, und er macht sich auf den Weg dahin. Wütend betritt er den Laden. Viele Kunden sind anwesend und warten oder werden bedient. „Halt!", ruft Alex. Erstaunt drehen sich alle zu ihm um und glotzen ihn an. Alex tritt näher. Angewidert betrachtet er das Fleisch im Tresen. Dann wendet er sich an die Käufer und sagt: „Sie dürfen auf keinen Fall je wieder Fleisch kaufen und essen. Wissen Sie, woher es stammt?" Dann wendet er sich einem Mann zu, der, wie Alex vermutet, ein Metzger ist, und ruft: „Metzger, du bist ein Mörder! Man sollte dich auch so abschlachten! Dann würdest du merken, wie sich die Tiere fühlen!" Einen Augenblick lang herrscht im ganzen Raum Stille. Dann beginnen die Leute vor Lachen zu brüllen. Alex versteht die Welt nicht mehr. „Jetzt weißt du, was du bist, Metzger", sagt eine Frau lachend zum Mann, den Alex als Mörder beschimpft hat, und Alex hat das dumpfe Gefühl, dass er Fleischverkäufer und nicht

Metzger ist. Das Gelächter wird immer lauter und Alex hält sich die Ohren zu. Er weiß, dass er sich lächerlich gemacht hat. Er will die Metzgerei verlassen, doch das ist unmöglich, weil ihm einige Leute den Weg versperren. „Das machen sie wohl absichtlich", denkt Alex. „Lassen Sie mich bitte vorbei", bittet er höflich. „Nein!", sagt ein Mann bestimmt. „Lass mich sofort raus!", schreit Alex und beginnt zu weinen. „Ich habe einen Fehler gemacht, okay", schluchzt er. „Lacht darüber, aber lasst mich jetzt gehen!" Ein Geraune geht durch die Menge. „Ja, er ist der behinderte Junge namens Alex", hört Alex jemanden flüstern. Das stimmt ihn sehr traurig. Aber wenigstens machen ihm die Leute jetzt Platz. Draußen atmet Alex zweimal tief durch. Dann beginnt er zu rennen und wird erst langsamer, als er den Ort, wo der Schulbus jeweils abfährt, erreicht hat. Die Wartezeit erscheint ihm kurz, weil er heute am liebsten nicht nach Hause fahren möchte. „Mutter wird mich zur Rede stellen", denkt er. „Sie wird wohl erfahren haben, dass ich in der Metzgerei war." Tatsächlich fällt die Mutter über ihn her, kaum dass er zu Hause ist. „Alex!", schreit sie. „Was fällt dir eigentlich ein? Warum bist du in die Metzgerei gegangen und hast einen Mann als Mörder beschimpft? Ein Dutzend Leute hat hier angerufen und sich beschwert!" Alex antwortet nicht, denn er spürt, dass er seine Mutter nur mehr in Rage versetzen würde. Er geht in sein Zimmer, schlüpft ins Bett und weint sich in den Schlaf.

Irgendwie ist Alex auch stolz darauf, dass er ungewöhnlich ist. „Ich bin nicht stinknormal, ich bin etwas Besonderes", denkt er und wird von einer tiefen Zufriedenheit erfüllt. „Fritz und Anna unterscheiden sich nicht von anderen Kindern, sie fallen kaum auf." Nun denkt er über seine Geschwister nach. Ja, sie fallen nicht auf. Aber ist es nicht Fluch und Segen gleichzeitig, wenn man auffällt? „Ich kann nie einen unbeobachteten

Schritt machen", denkt Alex traurig. „Immer werde ich beobachtet und kontrolliert. Das ist bei meinen Geschwistern nicht der Fall. Sie können tun und lassen, was sie wollen! Das ist ungerecht!" Alex wird von einer Welle von Neid und Hass ergriffen. „Ich beneide meine Schwester so sehr wie meinen Bruder!", ruft er. „Sie dürfen alles und ich nichts!" Eine Träne des Zorns rollt ihm über die Wange. Er denkt nicht daran, dass es ja nicht stimmt, dass er immer beobachtet und kontrolliert wird, und dass seine Geschwister nicht alles tun und lassen können. „Sie sind so viel jünger als ich, aber sie sind so viel besser!" Er beklagt sich bei seinen Eltern. „Fritz und Anna sind jünger als ich und dürfen trotzdem mehr tun als ich!" „Damit musst du dich abfinden", antwortet sein Vater streng. Alex wird traurig. Er will sich in sein Zimmer zurückziehen. „Ich will allein sein", denkt er. „Hoffentlich ist Fritz nicht dort." Vor der Zimmertür stutzt er. Er hört lautes Geschrei, das aus dem Zimmer dringt. „Wie kann das sein?", denkt er. „Fritz ist also dort drin. Schade. Aber führt er Selbstgespräche?" Vorsichtig öffnet er die Tür einen Spaltbreit. Fassungslos betrachtet er die Szene, die sich ihm bietet. Anna steht neben dem Schrank und brüllt Fritz an: „Das war gemein von dir!" „,Gemein' nennst du das?", schreit Fritz. „Ich will dir zeigen, was ,gemein' ist!" Er verpasst Anna eine schallende Ohrfeige. „Au!", schreit Anna. Sie holt zum Gegenschlag aus, doch Fritz schlägt blitzschnell ein zweites Mal zu. Anna beginnt laut zu schluchzen. Alex will ins Zimmer stürmen, doch dann überlegt er es sich anders. Wenn er für Anna Partei ergreift, wird er vielleicht von Fritz geschlagen. Leise schließt er die Tür. Er hofft, dass seine Geschwister ihn nicht bemerkt haben. Sein Herz ist bleischwer. Seine Geschwister machen einander absichtlich traurig, sie fügen sich gegenseitig Schmerzen zu. Jedenfalls tat das Fritz, Anna hat es nicht geschafft, weil Fritz den Schlag abwehrte. Annas schmerzverzerrtes Gesicht wird Alex wohl nie mehr vergessen. „Die Welt ist so entsetzlich", denkt er. Er weiß nicht, dass sich alle Geschwister gelegentlich streiten, und denkt, seine Geschwister werden ewig Krach haben. Er ist sehr traurig, doch er wagt nicht, Anna oder Fritz darauf anzusprechen. „Aber … ich weiß jetzt, was ich tue", denkt er. „Ich bete für Fritz und Anna. Gott kann helfen." Im Gegensatz zu Fritz glaubt Alex fest an Gott und betet oft. Fritz hat ihn deswegen schon ausgelacht. „Du glaubst an einen Unsichtbaren", spottete er. „Unsichtbare gibt es in Märchen." Alex wusste nicht, was er darauf antworten sollte, deshalb schwieg er. Jetzt faltet er die Hände. „Lieber Gott, mach bitte, dass Fritz und Anna wieder zueinanderfinden", bittet er. „Bitte mach …" Hinter ihm öffnet sich die Tür und Fritz kommt heraus. Er betrachtet Alex. „Du betest", kichert er. „Mach schön damit weiter und verschwende deine Zeit." Alex schämt sich, dass er sich ertappen hat lassen. „Ich bete dafür, dass Anna und du wieder Frieden schließt", sagt er. „Gott hat deine Bitte erhört", höhnt Fritz. „Wir haben keinen Streit mehr." Er verschwindet schnell und hört Alex' Worte nicht mehr: „Es macht mich nämlich sehr traurig, wenn ihr streitet. Ich fühle mich dann so, als würde ich selbst streiten." Er nimmt sich vor, sich nie mehr mit seinen Geschwistern zu streiten, obwohl er sie glühend beneidet. Vielleicht kann er ja mit seinen Geschwistern so etwas wie eine Freundschaft pflegen. Er hat es nämlich aufgegeben, in seinem Bekanntenkreis Freunde zu suchen. Als er zu seinem zehnten Geburtstag Kinder, die er mochte, einladen wollte, lehnten sie die Einladung ab. Einige meinten, sie hätten schon etwas anderes vor, doch ein paar sagten geradeheraus, dass sie nicht mit einem komischen Kauz wie ihm ein Fest feiern wollten. Da wurde im klar, weshalb er selbst nie zu einem Geburtstagsfest eingeladen wurde: Seine Mitschüler hielten ihn für einen komischen Kauz. Und zwar alle. Dabei hatte er einige von ihnen für echte Freunde gehalten. Die Erkenntnis, dass er sich in ihnen getäuscht und er gar keine Freunde hatte, hatte ihn zutiefst verletzt. Er hatte versucht, mit Fritz darüber zu sprechen. „Du hattest doch auch eine Geburtstagsparty veranstaltet und hattest unzählige Gäste. Ich wollte auch eine Party machen, aber niemand wollte kommen. Und", fügte er hinzu und hoffte, dass Fritz über seinen Witz lachen würde, „eine Party mit mir als einzigen Gast ist überhaupt nicht toll." Fritz' Mundwinkel zuckten nicht einmal. „Vielleicht", sagte er langsam, „liegt es einfach an dir, an deinem Auftreten, an deiner Persönlichkeit. Schau dich im Spiegel an: Du bist klein, ein Zwerg. Das kannst du ja nicht ändern. Aber betrachte dich einmal genauer. Du bist viel zu fett. Du bist dick. Das findet niemand toll. Niemand will einen Dicken als Freund." Alex schaute an sich hinunter. „Dick?", fragte er dann. „Bin ich wirklich dick?" „Und wie!", antwortete Fritz. „Pass auf, eines Tages zerplatzt du noch! Das gibt eine Schweinerei, doch wenigstens müssen wir dich dann nicht beerdigen." Alex wurde traurig, denn sein Bruder hatte ihn wieder einmal sehr verletzt. Doch seine nicht schlanke Figur war wohl Schicksal. Alex weiß nicht, dass der Aufwand zum Abnehmen nicht unendlich groß wäre. Sein Bruder beginnt, ihn „Kleidi" zu nennen, eine Abkürzung für „Kleiner und Dicker". Nach kurzer Zeit nennen ihn seine Geschwister, die Nachbarskinder und die Mitschüler „Kleidi".

Das erfüllt ihn mit tiefer Traurigkeit. Eines Tages sagt Fritz zu ihm: „Weißt du, ich habe es auch nicht gerade einfach im Leben." „Warum denn?", fragt Alex verwundert. Irgendwie wird er von Schadenfreude erfüllt, wenn er hört, dass andere Menschen auch schwer zu tragen haben. Besonders von Fritz findet er dieses Geständnis toll. Er beneidet ihn sowieso glühend. Jetzt erfährt er sicher gleich eine Tatsache, die ihm bestätigt, dass er zu Unrecht neidisch ist. „Weißt du", erklärt

Fritz, „gestern hat mich ein Mädchen verlassen, von dem ich dachte, sie würde immer bei mir bleiben." „Ist sie gestorben?", fragt Alex ängstlich. „Nein, nein", lächelt Fritz. „Sie hat nur Schluss mit mir gemacht. Das heißt, sie küsst mich nie mehr, sie fasst mich nie mehr an und sie spricht auch vorläufig nicht mehr mit mir. Sie ist wütend auf mich. Und ich werde nie mehr mit ihr im Bett sein." Alex lacht. „Warst du denn schon mit ihr im Bett? Das war aber eng. Hast du gut schlafen können?" „Oh ja", antwortet Fritz. „Und es war toll. Aber dass mich ein Mädchen verlassen hat, ist für mich nichts Ungewöhnliches. Nun gesellt sie sich halt zur Gruppe meiner Exfreundinnen. Diese Gruppe zählt jetzt vier Mädchen. Sie sind alle Ex." Er hält inne, um die Reaktion von Alex abzuwarten. Doch dieser bemerkt nichts Ungewöhnliches an diesem Satz. „Hast du gehört?", fragt Fritz laut. „Sie sind ‚alle ex'!" „‚Ex' … was bedeutet das?", fragt Alex. „Es bedeutet", erklärt Fritz, „dass sie alle nicht mehr meine Freundinnen sind. Es ist Vergangenheit. Aber ist dir nicht aufgefallen, dass das auch etwas mit deinem Namen zu tun hat?" „Warum?", fragt Alex erstaunt. „‚Alle' und ‚Ex'", lacht Fritz. „Da steckt dein Name drin." Alex versteht nicht, was Fritz meint. „Mann", stöhnt Fritz. „Du bist schwer von Begriff. Wenn ich möglichst schnell sprechen möchte, könnte ich sagen, sie sind Allex-Freundinnen. Das tönt nach Alex-Freundinnen. Aber du hast ja keine Freundinnen, du wirst nie eine finden, du wirst dein Leben lang allein bleiben." Alex wird sehr traurig.

Alex kann sich fast nicht damit abfinden, dass er älter, aber in vielen Dingen viel schlechter als seine Geschwister ist. Er vergisst vieles, das findet er sehr unpraktisch. Zum Beispiel kann er sich die Namen anderer Personen nicht merken, auch jene der Verwandten nicht. Er reicht ihnen jeweils nur die Hand und sagt „Salü". „Haben die Leute auch Namen?", fragte sein

Vater einmal. „Lass ihn", murmelte der Onkel, den er begrüßt hatte, beschwichtigend. Dafür war ihm Alex dankbar. Er muss manchmal sogar überlegen, wie seine Geschwister heißen. Das ist ihm furchtbar peinlich. Die Vornamen seiner Eltern kennt er gar nicht. „Das ist egal", denkt er. „Ich nenne sie ja sowieso nur Mama und Papa." Aber es gibt Situationen, in denen er fast verzweifelt. Er bricht oft in Tränen aus, weil er sich vieles nicht merken kann, da sein Gedächtnis sehr schlecht ist. „Warum vergessen Anna und Fritz nie etwas?", fragt er seine Eltern. „Sie vergessen auch ab und zu etwas", versucht seine Mutter ihn zu trösten. „Aber viel weniger", beharrt Alex. Die Mutter seufzt, dann entscheidet sie sich für die Wahrheit. „Alex", sagt sie nachdrücklich. „Du weißt doch, dass du anders bist. Dein Vater und ich haben es dir selbst gesagt. Oder kannst du dich daran etwa auch nicht erinnern?" An diesen Tag erinnert sich Alex lebhaft. Es war sehr schlimm gewesen. „Wie könnte ich das vergessen?", fragt er. „Ich habe dir gesagt", erklärt die Mutter, „dass dein Hirn bei der Geburt dauerhaft geschädigt wurde. Bei deinen Geschwistern passierte das nicht. Darum vergessen sie fast nie etwas." Alex weiß nicht, was er darauf antworten soll. „Besser ein schlechtes Gedächtnis als gar keines", startet der Vater einen schwachen Versuch, Alex aufzuheitern. Alex brummt etwas Unverständliches, dreht sich um und verschwindet. Die Eltern schauen ihm bekümmert nach. „Ich verstehe, dass ihn sein schlechtes Gedächtnis nervt", sagt der Vater schließlich. „Es ist sogar gefährlich. Wir haben ihm beispielsweise schon oft gesagt, dass er auf der Straße aufpassen soll. Das vergisst er dauernd. Als ich ihn letzthin wieder darauf aufmerksam machte, antwortete er nur: ‚Als Fußgänger habe ich doch Vortritt.' Ich versuchte, ihm zu erklären, dass er, wenn er mit einem Auto zusammenstößt, trotzdem den Kürzeren zieht und buchstäblich unter die Räder kommt. Er kapierte es einfach nicht."

Alex ist glücklich. Er darf allein im Nachbardorf eine Zirkusvorstellung besuchen. Er hat seine Mutter überzeugt, aber es hat einige Überredungskunst gebraucht. „Anna und Fritz dürften auch gehen, wenn sie wollten." „Sie wollen aber nicht. Wenn sie mitkommen würden, sähe die Sache anders aus. Aber wenn sie dich nicht begleiten, geht es nicht." Alex schäumte vor Wut. Wegen seinen Geschwistern durfte er nicht gehen … „Weißt du was, Mama?", fragte er dann mit beherrschter Stimme, die ihn einige Mühe kostete. „Du hast keinen Beweis, dass ich es nicht schaffe. Ich habe keinen Beweis, dass ich es kann. Lass mich diesen Beweis liefern." Er bearbeitete seine Mutter so lange, bis diese schließlich nachgab und seinem Zirkusbesuch zustimmte. Sie erklärte ihm den Weg zum Bahnhof. „Du brauchst nur eine einzige Station fahren, dann musst du bereits wieder aussteigen. Du verbringst sehr wenig Zeit im Zug. Und du musst im Zug und im Bahnhof gut auf die Lautsprecherdurchsagen lauschen." Sie beschrieb ihm auch den Weg vom Bahnhof zum Zirkuszelt. „Du kannst es schon aus weiter Entfernung sehen, es ist sehr groß." Alex nickte. „Das sollte nicht allzu schwierig sein", hat er gedacht. Jetzt steht er beim Bahnhof und wartet mit fünf anderen Personen auf den Zug. Er beobachtet die Uhr. „Eigentlich sollte der Zug jetzt schon hier sein", denkt er unruhig. „Aber ich sehe ihn nirgends. Bin ich etwa im falschen Bahnhof? Oder ist der Zug entgleist? Oder hat der Lokomotivführer erfahren, dass ich mit dem Zug fahren will, und darum die Fahrt abgebrochen?" Er beginnt zu weinen. „Junge, was ist los?", fragt die Frau neben ihm. „Der Zug kommt nicht", schluchzt Alex. „Daran bin ich schuld." „Wie kommst du denn darauf?", wundert sich die Frau. „Er hat nur Verspätung. Er kommt fast immer später. Außer", fügt sie lachend hinzu, „wenn du selbst zu spät dran bist. Dann ist er garantiert pünktlich und du verpasst den Zug." Alex versteht ihren Scherz nicht genau, doch langsam beruhigt er sich. Er ist erleichtert, als er einige Minuten später in den Zug steigen kann und schnell einen Sitzplatz findet. Er genießt die leichte Vibration des Zuges während der Fahrt. „Herrlich", denkt er und schließt die Augen. „Schon allein wegen der Zugfahrt hat sich der Zirkusbesuch gelohnt." Jäh wird er aus seinen Träumereien gerissen, als eine strenge Stimme ertönt: „Alle Billette vorweisen!" Verblüfft beobachtet Alex, wie die Zugpassagiere einem uniformierten Mann einen Zettel zeigen. „Ich habe keinen Zettel", denkt er. „Ist das schlimm?" Der Kondukteur ist bei Alex angelangt und fragt: „Darf ich dein Billett sehen?" „Mein … was?", stottert Alex. „Dein Billett", wiederholt der Kondukteur. „Hast du vor dem Antritt der Fahrt keinen Fahrschein gelöst?" Alex ist verwirrt. „Davon hat meine Mutter nichts gesagt …" „Hast du kein Billett?", fragt der Kondukteur. „Fährst du schwarz?" „Schwarz?" Alex schaut an sich herunter. „Meine Schuhe sind schwarz. Ansonsten trage ich nichts Schwarzes. Oder ist mein Gesicht plötzlich schwarz?" Er versucht, in der Fensterscheibe sein Spiegelbild zu betrachten. „Junge, spiel nicht Theater", knurrt der Kondukteur. „Meine Mutter hat nichts von einem Billett gesagt", wiederholt Alex. „Deine Mutter? Wie heißt denn deine Mutter?" Alex schweigt. „Eigentlich muss ich das nicht wissen", fährt der Kondukteur ungeduldig fort. „Aber deinen Namen muss ich jetzt notieren." Er greift nach einem Notizblock. „Wie heißt du mit Familiennamen?" Alex schweigt. „Bist du taub?", herrscht ihn der Kondukteur an. „Oder beginnen wir mit dem Vornamen." „Ich heiße Alex", flüstert Alex. Der Kondukteur horcht auf. „Alex? Bist du etwa der viel genannte Alex? Ja, klar, der bist du. Ich kenne dich. Kein Wunder, dass du kein Billett hast. Wohin fährst du? Ich schenke dir das Billett für den Rückweg, aber die jetzige Buße musst du leider bezahlen." „Meine Mutter sagte, ich müsse nur eine einzige Station fahren." „Ah, dann ist es gut", sagt der Kondukteur. „Hier ist dein Billett für den Rückweg." „Danke", murmelt Alex. „Der Zug hält gleich", erinnert ihn der Kondukteur. „Du musst aussteigen." Zwei Minuten später steht Alex etwas verloren auf dem Bahnsteig. Er ist verwirrt und muss eine Weile überlegen, was er eigentlich will. „Ach ja, ich möchte in den Zirkus." Er erinnert sich an die Wegbeschreibung seiner Mutter. Nach einigen Minuten erblickt er das Zirkuszelt und wird von Stolz ergriffen. Er stellt sich in die Reihe vor der Kasse, um Eintritt zu bezahlen. Es geht nur langsam vorwärts. Alex wird ungeduldig. Er ist nahe daran, einfach ins Zelt zu rennen. „Ich verpasse noch die ganze Vorführung", denkt er genervt. Endlich kann er bezahlen und betritt dann erleichtert das Zelt. Er ergattert einen guten Sitzplatz. Nach einigen Minuten beginnt die Vorstellung. Verblüfft betrachtet Alex zwei Tänzer, die ihren Körper unglaublich verrenken können. „Toll", denkt er. Er ist traurig, als die Nummer zu Ende ist. „Als Nächstes", verkündet der Manegenleiter, „werden Ihre Lachmuskeln durch ‚Clown Lustig' strapaziert." „Oh nein", denkt Alex. „Ein Clown? Ein Clown kann sehr böse sein, auch wenn er ‚Lustig' heißt. Das ist vielleicht ein Deckname." Er erinnert sich, dass er einmal in der Tagesschau einen Bankräuber gesehen hatte, der immer als Clown verkleidet Banken überfiel. Dieser hat noch nicht gefasst werden können. Ein Clown stürmt in die Arena. Einige Kinder kreischen vor Vergnügen, doch Alex bekommt große Angst. „Gleich wird er eine Pistole zücken und in die Menge schießen", denkt er. Er beobachtet den Clown ganz genau. „Falls er eine Pistole ergreift, kann ich schnell in Deckung gehen." Alex bemerkt gar nicht, dass sich der Clown eigentlich ganz lustig verhält und nicht nur die Kinder, sondern auch die Erwachsenen kreischen. Er ist erleichtert, als der Clown endlich verschwindet und die nächste Nummer angekündigt wird. Die Einradfahrer entzücken ihn. Er ist traurig, als dieses Kunststück zu Ende ist. Als Nächster erscheint ein dunkel gekleideter Mann in der Arena. Alex ist entsetzt, als er sieht, dass der Mann brennende Fackeln in der Hand hält. Wie von weit her dringt die Ansage „Das ist Feuerschlucker Feuerstein" an sein Ohr. Ein Schrei entfährt Alex, als er sieht, wie der Mann das Feuer tatsächlich „schluckt" und wieder ausspeit. „Wegen ihm fängt noch das ganze Zirkuszelt Feuer", denkt er. „Und dieser Feuerschlucker macht etwas Gefährliches. Er bricht wohl plötzlich tot zusammen." Alex schließt die Augen, damit er die Szene nicht mehr sehen muss, und öffnet sie erst wieder, als er ganz sicher ist, dass der Feuerschlucker weg ist. „Nach der nächsten Nummer ist Pause", verkündet der Zirkusdirektor einige Zeit später. Alex hat das Geschehen in der Arena nicht mehr mitverfolgt. „Bis dahin dürfen Sie sich noch über eine besonders verblüffende Darbietung freuen. Der Seiltänzer gibt sein Bestes." Alex sieht, wie ein Mann flinker als ein Affe eine Strickleiter hochklettert. Er balanciert zehn Meter über dem Boden über ein Seil. Alex zittert am ganzen Körper. „Wenn er herunterfällt, zersplittern seine Knochen und sein Kopf wird aufschlagen", denkt er. „Hoffentlich geschieht das nicht." Alex glaubt, es sei ein Wunder, als der Mann nach einigen Minuten, in denen er atemberaubende Kunststücke gezeigt hat, lächelnd die Leiter herabsteigt und unter tosendem Applaus hinter dem Vorhang verschwindet. „Nun ist endlich Pause", denkt er. „Eigentlich möchte ich ein wenig hinausgehen, um frische Luft zu schnappen. Aber die Gefahr ist groß, dass ich danach meinen Platz nicht mehr finde, darum bleibe ich besser hier." In der Manege wird fleißig gearbeitet, Gitter werden aufgestellt. Alex kann sich keinen Reim darauf machen, er kann sich nicht vorstellen, wozu diese dienen sollten. Er beobachtet das Geschehen genau und denkt nach, hat aber keine Idee. Die Pause geht zu Ende, die Leute kommen wieder ins Zelt und setzen sich auf ihre Plätze. Alex beneidet sie, denn sie haben anscheinend keine Schwierigkeiten gehabt, sich ihren Sitzplatz zu merken. Die Vorstellung geht weiter. „Als Nächstes sehen Sie die gut dressierten Löwen", verkündet der Direktor. „Sie werden staunen." „Oh nein, auch das noch", denkt Alex. „Löwen …" Er erschrickt gehörig, als drei Raubkatzen von einem Dompteur in den Käfig getrieben werden. „Oh, sie wären sicher in der Lage, den Käfig zu durchbrechen und sich in die Zuschauermenge zu stürzen", denkt er ängstlich. „Sie werden die Zuschauer fressen." Ängstlich beobachtet er, was im Käfig vor sich geht. „Oh nein", denkt er nach einer Weile verzweifelt. „Wenn die Tiere jemanden fressen wollen, dann würden sie wohl zuerst den Mann bei ihnen im Käfig angreifen. Ich möchte nicht mit ansehen, wie sie ihn zerfleischen. Doch dann hätten wir Zuschauer immerhin Zeit zum Fliehen." Der Gedanke beruhigt ihn ein wenig, obwohl er fühlt, dass er sehr egoistisch ist. „Weiß dieser Mann, in welcher Gefahr er sich befindet?" Alex ist erleichtert, als die Tiernummer endlich zu Ende ist. „Während der Käfig wieder abgebaut wird", verkündet der Direktor, „unterhält sie Clown Lustig." „Das ist auch nicht viel besser", denkt Alex und betrachtet konzentriert seine eigenen Schuhe, bis die nächste Nummer angekündigt wird. Der Jongleur entzückt ihn und auch an den darauf folgenden Darbietungen findet er Gefallen, doch er ist froh, als die Zirkusaufführung zu Ende ist und er nach Hause kann. Seine Eltern wollen ihn ausfragen, doch er weigert sich, Auskunft zu geben und zuzugeben, dass ihm der Zirkusbesuch im Allgemeinen nicht gefallen hat. Er erzählt ihnen auch nicht, dass er vergessen hat, ein Billett zu lösen. Als eine Woche später die Rechnung ins Haus flattert, sind die Eltern total verblüfft. „Du hättest es uns wenigstens sagen können!", schelten sie ihn. Doch Alex kann sich an nichts mehr erinnern. Er ist sehr traurig, als ihm seine Eltern verkünden, dass er nie mehr allein mit dem Zug reisen und ohne

Begleitung keine Anlässe mehr besuchen dürfe. Er hat auch ein sehr schlechtes Gewissen, weil er seine Eltern mit der Billettbuße einmal mehr finanziell belastet hat. „Das mache ich wieder gut", nimmt er sich vor. „Ich bezahle ihnen den Betrag wenigstens teilweise zurück." Er überlegt, wie er zu Geld kommen könnte. „Das wird sehr schwierig. Stehlen will ich auf keinen Fall." Am Nachmittag begleitet er seine Mutter zum Einkaufen. Nicht ganz freiwillig. Sie hat darauf bestanden, dass er mit ihr kommt. „Papa, Anna und Fritz sind weg. Wenn du allein zu Haus wärest, würdest du noch etwas anstellen." Er hat gefragt, ob nicht ein Nachbar bereit sei, ihn für einige Stunden aufzunehmen, er habe heute absolut keine Lust, mit ihr einkaufen zu gehen. „Dich kann ich keinem Nachbarn zumuten", hat die Mutter knapp geantwortet. Alex hat glücklicherweise nicht genau verstanden, was sie damit meinte. Er beobachtet vor dem Einkaufszentrum die Leute. Ein ärmlich gekleideter Mann am Straßenrand fällt ihm auf, der anscheinend die Leute anspricht und ab und zu eine Person am Ärmel zupft. Die meisten Leute schütteln ihn ab und machen eine verärgerte Miene. Aber einige drücken dem Mann etwas in die Hand und gehen schnell weiter. Alex will die Situation genauer unter die Lupe nehmen und nähert sich dem Mann. Nun kann er einige Satzfetzen verstehen. „… helfen Sie mir … geben Sie mir Geld … arm … obdachlos …" Verblüfft erkennt Alex, dass der Mann manchmal Münzen bekommt. „Er bekommt einfach Geld", denkt Alex. „Toll. Bei mir würde das sicher auch funktionieren." Er hält schon nach einem geeigneten Platz am Straßenrand Ausschau, da überlegt er es sich anders. „Wenn meine Mutter mich sehen würde, würde sie es mir wohl verbieten. Zudem will ich ja für meine Eltern Geld sammeln und sie damit überraschen." Plötzlich hört er seine Mutter rufen: „Alex, was findest du hier so interessant? Komm, ich habe hier draußen Blumen ausgesucht. Nun muss ich einiges im Laden einkaufen." Alex folgt seiner Mutter. Er denkt dauernd an den Mann und dass er ihn nachahmen will. „Aber dafür muss ich nicht hierher zum Einkaufszentrum kommen. Es genügt, wenn ich mein Glück außer Sichtweite unseres Hauses versuche. Meine Eltern dürfen mich nicht sehen." Eine Stunde später ist er wieder zu Hause. „Ich beginne erst morgen mit Geldsammeln", denkt er. „Heute ist es schon spät." Am nächsten Tag denkt er gar nicht daran. Erst abends fällt es ihm wieder ein. „Ach, jetzt hat es keinen Sinn mehr. Ich verschiebe es auf morgen", denkt er. Dann kommt ihm ein seltsamer Gedanke: „Habe ich heute nicht daran gedacht, weil ich es vergessen *will*?", überlegt er laut. „Vielleicht sollte ich den Mann wirklich nicht nachahmen. Vielleicht vergesse ich die Angelegenheit ja über Nacht." Er ist über sich selbst erstaunt, dass er einmal etwas unbedingt vergessen will. Aber natürlich ist am Morgen nach dem Aufwachen sein erster Gedanke dem Mann gewidmet. „Er hat sicher nichts Verbotenes gemacht, also ist es bei mir auch nicht verboten", beruhigt er sich selbst. Dann beschließt er, es am nächsten Tag beim Warten auf den Schulbus zu versuchen. „Ich spiele heute nicht mit", teilt er seinen Kameraden knapp mit, als diese ihn am Tag darauf zum Ballspiel auffordern. Verwundert schauen ihm seine Kollegen nach, als er sich vom Schulhausareal entfernt. Als Alex das Schulhaus nicht mehr sieht, steht er an den Straßenrand und streckt die Hand aus. Er schluckt. Was hat dieser Mann gesagt? Helfen Sie mir … arm … obdachlos … „Was ist ‚obdachlos'?", denkt Alex. „Helfen Sie mir …", murmelt Alex. „Ich bin arm …" „Bin ich das?" denkt er und bekommt ein schlechtes Gewissen. Nein, eigentlich ist er es nicht. „Geben Sie mir Geld …", bittet er und denkt: „Das ist nicht gelogen. Ich will für meine Eltern Geld sammeln." Er entscheidet sich spontan für die Wahrheit. „Meine Eltern müssen eine Buße bezahlen. Unterstützen Sie sie." Einige Leute bleiben neugierig stehen. „Deine Eltern wurden gebüßt?", fragt jemand. „Und nun schicken sie dich zum Betteln? Das ist schlecht. Das wird die Polizei interessieren." Alex erschrickt. „Nein!", ruft er verzweifelt. „Hetzen Sie mir nicht die Polizei auf den Hals!" „Dann hör auf zu betteln." Alex schweigt. Im Geheimen hat er ja eigentlich nichts gegen die Polizei, doch er hat die Mahnung des Polizisten nach dem Einbruch und der Nacht im Gefängnis nicht vergessen: „Mach das nie wieder. Im Wiederholungsfall würdest du strenger behandelt." „Vielleicht ist es besser, nichts herauszufordern", denkt er. „Ich brauche ja nicht dringend Geld." Er beschließt, nicht mehr zu betteln. „Die Billettbuße wird meine Eltern nicht ruinieren." Er hat begriffen, dass Betteln etwas Schlechtes ist. Darum wundert er sich, dass er manchmal Leute sieht, die betteln. „Ihnen wird nicht mit der Polizei gedroht", denkt Alex. „Komisch." Er stellt fest, dass einige Bettler ein Instrument spielen oder singen. „Singen … oh, singen möchte ich auch. Ich kann es ja in meiner Freizeit tun und muss nicht versuchen, damit Geld zu verdienen." Er beginnt, eine Melodie zu summen. Er lächelt. „Ja, ich kenne eine Melodie, ich bin musikalisch." Bei der ersten Gelegenheit spricht er seine Mutter darauf an. „Hast du gewusst, dass ich musikalisch bin?" „Nein, das bist du nicht", antwortet seine Mutter. „Woher solltest du dieses Talent haben? Niemand in der Familie ist musikalisch." Bevor Alex etwas erwidern kann, mahnt sie ihn zur Eile: „Mach schnell, du hast schon zwei Minuten Verspätung. Du verpasst noch den Schulbus." Alex ist traurig, dass seine Mutter scheinbar kein Interesse für sein bisher verborgenes Talent zeigt. „Sie war in Eile", denkt er. „In einem günstigeren Moment reagiert sie sicher anders. Ich habe eine neue Fähigkeit von mir entdeckt. Ich will sie fördern." An diesem Tag summt er während des Unterrichts häufig in die Stille hinein. Das bemerkt er selbst gar nicht. „Alex, sei still, wir sind hier nicht im Singunterricht", sagt der Lehrer dann immer streng. Und Alex fragt jedes Mal: „Singunterricht? Was ist das?" Der Lehrer hält es für einen Scherz und geht nicht darauf ein. Er merkt nicht, dass Alex wirklich nicht weiß, was unter Singunterricht zu verstehen ist, und ihm nicht bewusst ist, dass ihn der Lehrer schon oft zur Ruhe gemahnt und ihm die ewig gleiche Frage genauso oft beantwortet hat. „Er macht es extra und will mich damit provozieren", denkt der Lehrer. In der Pause wird Alex von den Mitschülern geneckt. „Willst du Musiker werden?" „Du könntest Mundharmonika spielen. Allerdings ohne die Harmonika." „Willst du Sänger werden?" Alex schweigt. Sein Traum ist es, in einem Chor zu singen. Doch davon sagt er natürlich nichts. Am Abend spricht er noch mal mit seiner Mutter. „Ich habe bemerkt, dass ich singen kann. Ich mache es gern. Und ich möchte es allen beweisen. Ich könnte doch in einem Chor mitsingen." Die Mutter seufzt. „Vielleicht sollte ich ihn einmal so richtig ins Fettnäpfchen tappen lassen", denkt sie listig und antwortet: „Also, ich melde dich im Jugendchor an." Alex freut sich unheimlich. Er kann fast nicht erwarten, bis er zum ersten Mal bei einer Probe dabei sein darf. Allerdings verhält er sich dort ruhig, wie ihm seine Mutter geraten hat: „Hör einfach erst einmal nur zu. Alles andere ergibt sich von allein." „Die Mädchen singen sehr hoch", denkt er. „So hohe Töne könnte ich nicht singen, aber das muss ich ja auch nicht." Er lauscht auf die Jungen. Der Gesang klingt hübsch, doch Alex wird müde. Er bemüht sich, nicht zu zeigen, dass ihm beinahe die Augen zufallen. „Sonst kann ich den Chor vergessen." Der Chordirigent hat Alex die ganze Zeit aus den Augenwinkeln beobachtet. Am Ende sagt er zu ihm: „So, nun hast du einen ersten Eindruck vom Jugendchor bekommen. Die nächste Probe ist in einer Woche. Wenn du magst, kannst du wieder daran teilnehmen." Alex nickt. Er will um jeden Preis in den Chor. Bei der nächsten

Probe wird er weniger schnell müde. Die Melodien erscheinen ihm auch nicht mehr so unheimlich schwer wie beim ersten Mal. „Sie sind sicher erlernbar, ich muss nur üben", denkt er zufrieden. Am Ende sagt der Dirigent zu ihm: „Komm nächstes Mal eine Viertelstunde vor dem offiziellen Probebeginn. Dann musst du vorsingen. Wenn du gut genug bist, kannst du fortan in unserem Jugendchor mitsingen." Alex jauchzt im Stillen. Er ahnt nicht, dass der Dirigent längst entschieden hat, ihn nicht in den Chor aufzunehmen, und denkt: „Ich werde schon eine Ausrede finden, auch wenn er gut singen würde." Eine Woche später steht Alex rechtzeitig im Übungslokal. Er ist sehr aufgeregt. Er hat zu Hause geübt und ist zuversichtlich, dass er als stolzes Chormitglied nach Hause zurückkehren wird. Jetzt ist er mit dem Dirigenten allein im Raum. „So, lass hören, wie du singen kannst", sagt dieser und weist ihn an: „Sing den Anfang der Landeshymne, wie wir sie geübt haben." Alex räuspert sich, holt tief Luft und will singen. Doch kein Ton dringt über seine Lippen. Er setzt nochmals an. Doch er bemüht sich vergebens. Der Dirigent betrachtet ihn stirnrunzelnd. „Könnte ich nicht ein anderes Lied vorsingen?", bittet Alex verzweifelt. „Eines, das ich seit früher Kindheit gut kann?" „Also gut", stimmt der Chorleiter zu. „Ich bin gespannt, was du singst." Erleichtert holt Alex Luft und stimmt das Lied an, das ihn seine Mutter gelehrt hat: „Alle meine Entchen schwimmen …" Der Dirigent winkt ab. „Das zählt nicht. Solche Kindereien akzeptiere ich nicht in meinem Jugendchor. Ich gebe dir noch eine letzte Chance. Ich spiele auf dem Klavier eine Melodie. Wenn du sie nachsummen kannst, kannst du vielleicht bei uns mitsingen." Alex konzentriert sich. Der Dirigent spielt eine mittelschwere Tonfolge und weist Alex an, mit „hmhmhm" nachzusummen. Alex öffnet den Mund. „Hmhm …", beginnt er, doch der Dirigent winkt ab. „Die Tonlage ist falsch. Tut mir leid, Alex, ich kann dich nicht in den Chor aufnehmen. Du kannst zu wenig gut singen." Alex' Augen füllen sich mit Tränen. „Das glaube ich einfach nicht", weint er. „Das glaubst du nicht?", erwidert der Dirigent grob. „Du müsstest nur einer einzigen Anforderung genügen, nämlich singen zu können. Aber du kannst nicht singen. Sieh das ein. Verschwinde, ich will dich nicht mehr sehen!" Er verschweigt, dass er schon vor dem Singen den Entschluss gefasst hatte, Alex nicht aufzunehmen. „Ich dachte, meine Tränen würden Ihr Mitleid erregen", murmelt Alex. „Damit kommst du bei mir nicht durch", antwortet der Dirigent unbarmherzig. Alex stürmt weinend aus dem Saal und beachtet die Jugendlichen, die zur Probe kommen, nicht. Diese schauen ihm nach. „Alex wurde nach dem misslungenen Vorsingen nicht in den Chor aufgenommen", verkündet der Dirigent. „Er ist ein unmusikalisches Weichei." Die meisten Chormitglieder sagen: „Da bin ich aber froh", doch glücklicherweise hört Alex dies nicht. Zu Hause empfängt ihn die Mutter freudestrahlend: „Und? Wie war es im Chor?" „Ich darf nicht mitsingen", schluchzt Alex. „Ich bin zu wenig gut." Die Mutter verschweigt ihm, dass sie das geahnt hat, und tröstet ihn: „Es gibt doch schlimmere Dinge." Alex teilt ihre Meinung nicht. An diesem Abend ist er todunglücklich, doch einige Tage später hat er die Angelegenheit vergessen.

Alex macht sich Gedanken über seine berufliche Zukunft. „Jeder Mensch muss sich früh zu überlegen beginnen, was aus ihm werden soll. Fritz weiß schon lange, was er werden will, nämlich Fußballprofi. Aber das wollen ja so viele Jungen. Alle – außer mir. Ich weiß, dass ich keine Sportlerkarriere starten kann, weil ich dafür körperlich zu wenig gut bin. Es wäre mir sowieso zu anstrengend, einem Ball hinterherzurennen. Aber auch Fritz wird seinen Berufswunsch wohl noch ändern." Er lächelt beim Gedanken, wenn Fritz einsieht, dass nur die Besten der Besten Fußballprofis werden können. Er wird furchtbar enttäuscht sein. Alex empfindet etwas Ähnliches wie Schadenfreude. „Ha! Weiter als bis zum Juniorenfußballklub unseres Dorfes wird es Fritz wohl nicht schaffen. Danach gibt es für ihn ein böses Erwachen." Seine Schwester hat einen ganz normalen Berufswunsch: Verkäuferin. „Das wollen alle Mädchen werden. Aber sie wird ihren Wunsch sehr wahrscheinlich noch ändern." Er setzt sich gemütlich in einen Sessel, um nachzudenken. „Was will ich eigentlich werden? Was habe ich für Interessen?" Er überlegt einen Augenblick. „Will ich etwas in der Natur machen? Gärtner? Oder Bauer? Nein, nicht in der Natur. Ich möchte einen Beruf, wo ich mit Menschen zu tun habe. Da gibt es natürlich viele Möglichkeiten." Alex denkt konzentriert nach. „Ich möchte den Menschen helfen. Als Arzt." Er richtet sich auf und lacht. „Ja, genau, Arzt will ich werden. Das ist ein Traumberuf. Und ich kann viel Geld verdienen." Aber er will sein Ziel niemandem verraten. „Man wird mir nicht zutrauen, dass ich Arzt werden kann. Die Leute glauben sicher, ich sei dafür zu schlecht." Er will jetzt bereits mit Vorbereitungen beginnen. „Ich kann meinem Teddybären den Arm verbinden. Das muss ich als Arzt können." Er geht ins Badezimmer und stibitzt aus dem Arzneischrank einen Verband. Danach will er in sein Zimmer, um ungestört zu sein. „Fritz ist außer Haus, das ist gut", denkt er. „Wenn mich Fritz beim Üben ertappte, würde er mich sicher auslachen." Alex lächelt vor sich hin. Auf der Treppe begegnet ihm Anna, die ihn prüfend anschaut und fragt: „Was führst denn du wieder im Schilde?" Alex errötet. Er will noch nichts verraten. Er setzt schnell eine andere Miene auf und wirkt nun überzeugend verärgert. „Lass mich in Ruhe!", zischt er böse. Anna schaut ihn überrascht an, sagt aber nichts und geht weiter. Alex tritt ins Zimmer und setzt sich auf sein Bett. Er ist stolz, dass er weiß, was aus ihm werden soll. Er nimmt einen Teddybär und setzt ihn auf seine Knie. „Was tut dir weh?", fragt Alex mit einer ernsten tiefen Stimme, wie, so denkt er, ein Arzt sprechen würde. „Der Arm", antwortet er wimmernd mit einer etwas höheren Stimme, die dem Teddybären gehören soll. „Da muss man diesem Arm einen Verband machen", sagt er mit der tiefen Stimme. In den nächsten paar Minuten bemüht sich Alex darum, den Verband um den Arm des Plüschtieres zu wickeln. Doch das stellt sich als schwieriger heraus, als er sich das vorgestellt hat, der Verband verrutscht dauernd. Schließlich gibt Alex diesen Versuch auf. „Wahrscheinlich muss ich das als Arzt gar nicht können", beruhigt er sich. „Dafür sind Praxisassistentinnen da. Ich muss wohl eher Diagnosen stellen. Doch wie sollte ich so etwas üben?" Er denkt angestrengt nach. „Vielleicht an mir selbst", murmelt er. „Ich könnte mir selbst einen Arm brechen und ihn genau studieren. Dann weiß ich, wie ein gebrochener Arm aussieht." Er überlegt, wie er das am besten anstellen soll. Da hat er eine Idee: „Ich haue mit einem Hammer so lange auf ihm herum, bis er gebrochen ist." Er schleicht in Vaters Werkstatt, entwendet einen Hammer und eilt zurück ins Zimmer. Er zieht den Pullover aus. Nachdenkend betrachtet er seinen nackten Arm und zögert. Er weiß, dass er gleich sehr große Schmerzen ertragen muss. Er schließt die Augen, hebt den Hammer und lässt ihn hinuntersausen. Alex verspürt einen stechenden Schmerz. Er beißt sich auf die Lippen, um nicht laut zu schreien. Doch er vermutet, dass der Arm noch nicht gebrochen ist, darum will er ein zweites Mal zuschlagen, hebt den Hammer und … „Um Himmels willen, was tust du da?", schreit jemand. Alex dreht sich um. Hinter ihm steht seine Mutter. „Ich habe dich gar nicht kommen hören", sagt er in einem tapferen Versuch, Mutters Aufmerksamkeit nicht auf seinen Arm zu ziehen. „Warum fügst du dir selbst Schmerzen zu?", fragt die Mutter entsetzt. Alex zögert. Er möchte den Grund nicht verraten. In ein paar Jahren kann er stolz erzählen, dass er Arzt ist, weil er schon früh zu üben begonnen hat. „Ich übe für meine Zukunft", antwortet er ausweichend. Die Mutter ringt nach Atem. „Auf diese Weise? Was soll das? Willst du ein Rowdy werden? Das ist eine schlechte Perspektive!" Alex schaut sie nicht an. „Ich sage dir nichts, Mama", sagt er trotzig. Die Mutter sieht ein, dass sie so nichts erreichen kann. „Komm, Alex", sagt sie sanft. „Wir gehen ins Badezimmer. Dort verbinde ich deinen Arm. Anschließend gehen wir zum Arzt, um sicherzustellen, dass der Arm nicht gebrochen ist." Beim Stichwort „Arzt" entschließt sich Alex, der Mutter zu sagen, warum er sich diese Verletzung zugefügt hat, und berichtet ihr auch, dass er dem Teddybären einen Arm verbinden wollte. Die Mutter hört schweigend zu. Dann sagt sie: „Alex, mit solchen Träumen verschwendest du deine Zeit. Arzt ist ein Berufsziel, das für dich unerreichbar ist. Bitte konzentriere dich auf ein realistisches Ziel." Alex nickt und erwähnt das Berufsziel Arzt nie wieder.

Häufig vertreibt sich Alex die Zeit mit Fernsehschauen. Er guckt sich jeden Abend mehrere Serien an. Er kennt die Uhrzeit und die Tage, an dem die Serien gezeigt werden, auswendig. Darauf ist er sehr stolz. Er weiß nicht, dass es ein Fernsehprogrammheft gibt, in dem alles genau aufgeschrieben ist. Damit könnte er sowieso nichts anfangen, denn er kann ja nicht gut lesen und die kleine Schrift zu entziffern, wäre für ihn sowieso unmöglich.

Die Schauspieler faszinieren ihn. „Man merkt gar nicht, dass das, was im Film geschieht, nur gespielt wird. Doch so wie das aussieht, ist das gar nicht so schwierig. Das könnte ich sicher auch." Er beschließt, dieses Ziel ernsthaft zu verfolgen. „Eines Tages werde ich auch im Fernsehen gezeigt. Ich will in einem Film die Hauptrolle spielen." Alex überlegt sich, wie er vorgehen soll. „Vielleicht weiß Mama das. Nein, woher sollte sie das wissen? Ich frage besser Papa. Ach nein, der kann es mir sicher auch nicht sagen. Und meine Geschwister frage ich auch nicht. Sonst verfolgen sie plötzlich dasselbe Ziel, werden ebenfalls Schauspieler, und dann bin ich nichts Besonderes mehr." Er denkt scharf nach, wen er fragen soll. „Meinen Lehrer? Nein, er weiß es auch nicht. Er weiß viel, er muss mir ja so viel beibringen. Aber über die Schauspielerei kann er mir wohl keine Auskunft geben." Plötzlich hat er einen Einfall. „Ich frage Leute auf der Straße. Hier hat es so viele Menschen. Irgendjemand weiß es sicher." Er rennt schnell nach draußen. Leute eilen vorbei. Alex denkt an den Tag, an dem er versucht hat, Flugblätter zu verteilen. Da war er überhaupt nicht beachtet worden. „Diesmal ist es aber sicher viel einfacher", spricht er sich selbst Mut zu. „Die Leute müssen mir ja nur mündlich Auskunft geben. Sie müssen nichts lesen." Er stellt sich einem Mann in den Weg und fragt schnell: „Können Sie mir sagen, wie man Schauspieler wird?" Der Mann packt Alex an einer Schulter und schiebt ihn zur Seite, ohne ihn anzublicken. „Ich hab es eilig", sagt er unfreundlich. Alex starrt ihm nach. „Der war gemein", denkt er. „Ich habe ihm doch nur eine harmlose Frage gestellt." Er hat kein Verständnis für die Grobheit. „Ich frage noch jemand anderen", denkt er. Als Nächstes spricht er eine Frau an, denn er vermutet, dass eine Frau feinfühliger ist: „Wie wird man Schauspieler?" Er hat sich ihr nicht in den Weg gestellt. Die Frau beachtet Alex nicht und geht schnell vorbei. Die nächsten drei Versuche laufen ähnlich ab. Langsam ist Alex entmutigt. Er will aber nicht gleich aufgeben. „Können Sie mir sagen, wie man Schauspieler wird?", fragt er einen älteren Mann. Dieser schaut ihn einige Sekunden lang an. Alex wartet mit klopfendem Herzen. „Dieser Mann wimmelt mich nicht sofort ab", denkt er hoffnungsvoll. „Vielleicht kann er es mir sagen." „Nein", sagt der Mann schließlich und

Alex seufzt enttäuscht. „Aber", fährt der Mann fort, „ich kenne einen Schauspieler. Ich kann dir seine Telefonnummer geben, du kannst ihn anrufen und selbst fragen." Alex' Herz klopft wild. „Ich habe doch noch einen Erfolg erzielt", denkt er zufrieden. „Man darf einfach nie aufgeben." Er beobachtet, wie der Mann einen Kugelschreiber zückt und auf einem Zettel eine Nummer notiert, den er schließlich Alex gibt. „Schau, dort ist eine Telefonkabine, du kannst jetzt gleich anrufen." „Vielen Dank!", ruft Alex. Er eilt zur Kabine, reißt die Tür auf, schlüpft hinein und klaubt eiligst Münzen aus seiner Tasche. Er ist bereits dabei, die Nummer zu wählen, als der Mann die Kabinentür öffnet. „Komm heraus, Junge", lacht er. „Dies war natürlich ein Witz. Ich habe dir meine Handynummer gegeben." Alex betrachtet ihn misstrauisch und sagt dann entschlossen: „Das glaube ich Ihnen nicht. Sie wollen nur nicht, dass ich diesen Schauspieler anrufe, erfahre, wie man Schauspieler wird, und dann selbst Schauspieler werden kann." Der Mann kommt offenbar zum Entschluss, dass Alex nicht davon abzubringen ist, die Nummer anzurufen, und schließt die Tür. Er entfernt sich ein paar Schritte. Alex wählt mit zitternden Händen die Telefonnummer. Sogleich meldet sich eine Stimme: „Schauspieler Hans, guten Tag." „Guten Tag, Herr Schauspieler Hans, hier ist Alex", wispert Alex. Er lässt vor Aufregung beinahe den Hörer fallen. „Ich möchte wissen, wie man Schauspieler wird." „Als Erstes", antwortet der Mann am anderen Ende der Telefonleitung, „sollst du dich nicht von anderen Leuten verarschen lassen." Alex ist sprachlos. Da öffnet sich die Kabinentür. „Ich habe dir doch gesagt, dass ich dir meine Handynummer gegeben habe", gluckst der Mann, der Alex den Zettel mit der vermeintlichen Nummer des Schauspielers gereicht hat. Alex fühlt sich ziemlich blöd, er schaut drein, als würde er gleich zu weinen beginnen. „Sei nicht traurig, Alex", tröstet ihn der Mann. „Es war nicht böse gemeint. Ich kaufe dir zur Entschädigung einen Schleckstängel. Danach bringe ich dich zu deinen Eltern." Alex ist so durcheinander, dass er sich nicht fragt, wieso der Mann seinen Namen und Wohnort kennt. Einige Minuten später stehen beide vor der Tür. Der Mann drückt auf den Klingelknopf. Sofort wird die Tür aufgerissen. Die Mutter steht ängstlich da und blickt vom Mann zu Alex. „Was …?" „Ich habe einen Schleckstängel geschenkt bekommen!", jubelt Alex und schwenkt diesen triumphierend. Er flitzt an seiner Mutter vorbei in sein Zimmer. Die Mutter schaut ihm nach, dann wendet sie sich an den Mann. „Was …?" Der Mann erklärt ihr geduldig, wie es dazu gekommen ist. „Passen Sie gut auf Ihren Jungen auf", sagt er zum Schluss. „Und hoffentlich ist er nicht sehr enttäuscht, wenn er einsieht, dass er nicht Schauspieler werden kann." „Ja, das hoffe ich auch", antwortet die Mutter. Sie bedankt sich noch herzlich, dass der Mann Alex zurückgebracht hat. „Das war doch selbstverständlich, das habe ich gern getan", antwortet er und verabschiedet sich. Am nächsten Tag hat Alex die Geschichte vergessen. Er spricht nie mehr davon, Schauspieler werden zu wollen. Er schaut aber noch oft fern. Einmal sieht er Superman. Von ihm ist er tief beeindruckt. „Das kann ich sicher auch, das Fliegen sieht sehr realistisch aus. Ich steige irgendwo auf ein Hausdach und starte von dort aus." Er begibt sich vor das Haus und schaut sich um. „Wo könnte ich auf ein Dach steigen?", denkt er. „Das wird sehr schwierig." Er denkt einen Augenblick nach. „Vielleicht sollte ich erst einmal lernen, wie ich vom Boden aus fliegen kann." Er wedelt mit den Armen und kommt sich gleich recht albern vor. „Das bringt nichts", denkt er. „Wenn ich von einem Hausdach aus starte, ist es sicher viel einfacher." Er marschiert suchend durch die Straße. Sein Blick gleitet zum Kirchturm. Er lacht und denkt: „Das ist perfekt." Er findet gleich heraus, wie er auf diesen Turm kommt. Doch beim Treppensteigen beginnt er zu keuchen. „Weiter, nur weiter, gleich habe ich es geschafft", denkt er. Endlich ist er oben. Er nähert sich dem kleinen Fenster. „Von hier kann ich unmöglich springen", denkt er. „Ich kann auch einfach aus dem Fenster eines hohen Gebäudes springen und dann davonfliegen. Die Leute werden staunen." Er lässt seinen Blick weiter weg schweifen. Ein hohes weißes Gebäude fällt ihm auf. Es hat auffällig viele Fenster. „Ich gehe dorthin", denkt Alex. „Von dort aus zu starten, ist wohl kein Problem." Er prägt sich die Richtung ein und schätzt die ungefähre Distanz, damit er das Gebäude finden kann, denn er weiß, dass er es vom Erdboden aus nicht mehr sehen wird. Das Heruntersteigen vom Kirchturm fällt ihm leichter als der Aufstieg. Er kommt heil unten an und marschiert die Straße entlang, die ihn zu dem weißen Gebäude bringt. Dort stellt er fest, dass er wohl beim Krankenhaus angelangt ist, denn viele Leute, die auf den Bänken an der Sonne sitzen, haben einen Verband oder gehen an Krücken. Alex denkt flüchtig, es sei gut, dass er beim Krankenhaus sei, denn dann könne ihm, falls ihm beim Versuch, Superman nachzuahmen, etwas geschieht, schnell geholfen werden. Doch für diesen Gedanken schämt er sich gleich. „Ich habe keine Angst", sagt er laut. Er geht in die Eingangshalle und gleich zu den Liften. Er muss eine Weile auf den Aufzug warten. Als der Fahrstuhl endlich gekommen ist und sich die Tür geöffnet hat, zwängt sich Alex aufgeregt hinein, bevor die Leute ausgestiegen sind. „Junge, verdammt, dränge doch nicht so", flucht ein Mann. Alex beachtet ihn nicht und drückt kurz entschlossen den Knopf zum obersten Stockwerk. Ungeduldig wartet Alex, bis die Leute den Lift endlich verlassen haben. Er ist entsetzt, als auch noch einige Leute den Lift betreten. „Ach, eigentlich spielt das keine Rolle", denkt er. „Niemand weiß, was ich vorhabe." Die Tür schließt sich und der Lift fährt nach oben. Er hält noch zweimal, bevor er endlich im obersten Stockwerk angelangt ist. Alex hüpft hinaus und stellt fest, dass es hier sehr wenige Leute hat. „Das ist gut", denkt er. „Nun muss ich noch ein leeres Zimmer finden, damit ich unbemerkt aus dem Fenster springen kann. Aber danach können mich alle sehen, wie ich über die Stadt fliege." Er öffnet eine Tür. Erstaunt wendet sich die Patientin um. „Entschuldigung, ich habe die Tür verwechselt", nuschelt Alex. „Klopf bei den nächsten Türen an, damit du die Patienten nicht so erschreckst wie mich", knurrt die Frau verärgert. Bei der nächsten Tür horcht Alex, kann aber nichts hören. Er drückt die Türklinke. „Hier ist niemand", denkt er und huscht schnell hinein. Im Bett regt sich etwas und Alex erschrickt. Er hat den Patienten zuerst gar nicht bemerkt. Er rennt schnell zum Fenster, öffnet es, breitet die Arme aus – und springt. In seinen Ohren tönt noch einen Augenblick lang der entsetzte Schrei des Patienten, der ihn beobachtet hat. Alex rudert mit den Armen, aber natürlich nützt das nichts. „Ich falle und sterbe, weil ich nicht Superman bin und darum nicht fliegen kann", denkt er verzweifelt. Die Sekunden im freien Fall erscheinen ihm ewig. Den Aufprall auf der Straße nimmt er kaum wahr. Er verliert das Bewusstsein. Viele Leute haben den Unfall beobachtet und der Patient, der Alex springen gesehen hat, hat gleich Alarm geschlagen. Darum dauert es keine Minute, bis die ersten Helfer bei Alex sind. Er wird sogleich untersucht. Nach fünf Minuten erwacht er aus der Bewusstlosigkeit. Er erinnert sich sofort an das, was geschehen ist. „Ich kann nicht fliegen, aber ich habe diesen Sturz aus dieser enormen Höhe überlebt", denkt er. „Also bin ich doch etwas Besonderes." Ein Arzt beugt sich über ihn. „Junge, kannst du mich hören?", fragt er. Alex nickt. Langsam öffnet er die Augen. „Warum bist du aus dem Fenster gesprungen?", fragt jemand. Alex kann nicht sprechen. „Man darf ihn jetzt noch nicht befragen", sagt jemand. „Er ist noch zu schwach." „Zu schwach?", tönt eine zornige Stimme aus dem Hintergrund. „Wenn dieser Bengel jetzt seine Absicht nicht zugibt, kann er später behaupten, er könne sich an nichts mehr erinnern. Ich wette viel, er wollte Selbstmord begehen." Dieser Aussage folgt ein betretenes Schweigen. Schließlich sagt der Arzt: „Wir bringen ihn zur Untersuchung hinein." Alex hat höllische Schmerzen in den Beinen. „Aber", denkt er, „da kann ich ja froh sein, denn immerhin spüre ich die Beine. Das bedeutet, dass ich sicher nicht querschnittgelähmt bin." Er nimmt nicht richtig wahr, was mit ihm geschieht. Irgendwann schläft er ein. Als er wieder aufwacht, sind beide Beine verbunden. Eine Krankenschwester kommt in das Zimmer. „Ah, endlich bist du aufgewacht", sagt sie und tritt nahe an sein Bett. „Nun musst du aber erzählen, wie es zu dem Unfall gekommen ist. Weshalb bist du aus dem Fenster gefallen? Oder", sie senkt die Stimme, „bist du absichtlich gesprungen? Wolltest du Selbstmord begehen? Du hattest unglaubliches Glück, dass du dir nur die Beine gebrochen hast." Alex erbleicht. „Nur" die Beine gebrochen? Das ist ja schlimm genug. „Ich …", stammelt er, „ich bin absichtlich gesprungen, aber ich wollte keinen Selbstmord begehen." „Was war denn deine Absicht?", fragt die Schwester. In Alex' Kopf dreht sich alles. „Die Schwester ist freundlich", denkt er. „Aber ich möchte ihr trotzdem nicht sagen, dass ich glaubte, ich könne fliegen." Die Schwester sagt: „Augenzeugen haben berichtet, dass du mit den Armen gerudert hast." „Ja", gesteht Alex. „Ich dachte, ich könne fliegen. Superman kann es nämlich. Ich wollte ihn nachahmen." Eine Weile herrscht Stille. Dann sagt die Schwester: „Es ist gut, dass du mir das gesagt hast. Aber falls du willst, dass ich es nicht weitererzähle, schweige ich." „Oh ja, bitte", antwortet Alex. Die Schwester hält Wort, und als Alex das Krankenhaus vier Wochen später verlassen darf, hat ihn niemand darauf angesprochen. Er hat einige Male nachts geträumt, er könne fliegen.

Er war am Morgen jeweils enttäuscht gewesen, weil er nach dem Aufwachen immer realisierte, dass es nur ein Traum gewesen war, alles hatte so echt gewirkt. Doch er spricht mit niemandem darüber. Sein Leben geht so weiter wie bisher. Er denkt nicht mehr an Superman.

Dafür hat er sich etwas anderes in den Kopf gesetzt, das auch total unrealistisch ist: Er will Seiltänzer werden. Er hat einen Hochseilartisten im Zirkus gesehen und gleich gedacht: „Das ist sicher nicht schwer, das sieht sogar kinderleicht aus. Das kann ich auch tun, ich muss nur ein wenig üben." Er überlegt sich die halbe Nacht, wie er es anstellen muss. Woher soll er ein Seil nehmen? Wo kann er ungestört üben? Niemand darf ihn sehen. Wenn er es schafft, heimlich perfekter Seiltänzer zu werden, kann er seine Familie mit einer Vorstellung überraschen. „Sie werden sehr verblüfft sein", denkt er triumphierend. Er hat auch gleich eine Idee, wo er ein Seil beschaffen kann: „In der Waschküche habe ich eine Leine gesehen. Dort hängt aber meistens Wäsche dran, doch diese kann ich einfach abnehmen. In der nächsten Nacht werde ich das Seil entfernen, es an einem geeigneten Ort, zum Beispiel im Estrich, befestigen und mit Üben beginnen." Alex strahlt. Er ist stolz, dass er einen Plan ausgeheckt hat. Er wird aber immer aufgeregter und kann an nichts anderes mehr denken. Beim Abendessen verschüttet er versehentlich ein Glas Wasser. „Alex, was ist los?", fragt die Mutter misstrauisch. „Nichts", lügt Alex. Zum Glück bemerkt die Mutter nicht, dass er errötet. Der Abend erscheint ihm ewig lang. Endlich ist Schlafenszeit. Alex legt sich ins Bett. Seine Mutter kommt wie üblich und gibt ihm einen Gutenachtkuss. Kaum hat sie das Licht gelöscht, hüpft Alex aus dem Bett. „Ich muss mein Vorhaben schnell in die Tat umsetzen, bevor Fritz ins Zimmer kommt und unangenehme Fragen stellt", denkt er. Er huscht zur Tür hinaus.

Draußen brennt das Licht, und er hört seine Eltern in der Küche reden. „Worüber sprechen sie wohl?", denkt Alex. „Ach, das ist doch egal, ich gehe jetzt in die Waschküche." Auf Zehenspitzen schleicht er den Gang entlang und die Treppe hinunter in die Waschküche. Sein Herz klopft wild. Er sieht, dass an der Leine Wäsche hängt, und fasst sie an. „Sie ist noch recht feucht", denkt er. „Mutter hat wohl heute gewaschen. Aber ich lege diese Wäsche einfach auf den Boden, sie kann ja auch dort trocknen." Sorgfältig entfernt er die Wäscheklammern. Die Wäschestücke fallen zu Boden. „Es macht nichts, wenn sie hinunterfallen", denkt Alex. „Sie können ja nicht kaputt gehen." Endlich kann er auch die Leine entfernen. Glücklich betrachtet er sie, als er sie endlich in den Händen hält. Er ist dem Seiltänzertraum ein gewaltiges Stück näher gekommen. Nun muss er die Leine nur noch an einem geeigneten Ort aufhängen. Aber das wird um einiges schwieriger werden. Alex entfernt sich aus der Waschküche. „Ich gehe noch heute Nacht in den Estrich und beginne zu üben." Plötzlich wird ihm ein wenig unheimlich zumute. „Vielleicht hat es im Estrich Gespenster." Er erbleicht. Dann gibt er sich einen Ruck. „Nein!", sagt er entschlossen. „Es gibt keine Gespenster!" Er schleicht in den Estrich. Dort ist es überall staubig. Der Boden knarrt bei jedem Schritt, obwohl sich Alex äußerst behutsam bewegt. Er sucht nach einem Haken oder etwas Ähnlichem, an dem er das Seil befestigen könnte. Enttäuscht stellt er fest, dass es nirgendwo so etwas gibt. „Ach was", denkt er dann. „Ich muss wohl lange üben, bis ich auf dem Seil gehen kann. Fürs Erste lege ich das Seil schnurgerade auf den Boden und balanciere darauf." Er stellt sofort fest, dass er mit dieser Entscheidung richtig lag: Es fällt ihm schwer, einen Fuß vor den anderen zu stellen. Er kämpft mit dem Gleichgewicht und muss dauernd einen Schritt zur Seite machen, damit er nicht stürzt. „Ich glaube, es ist doch nicht so einfach, wie ich gedacht habe. Ich versuche es morgen noch einmal. Jetzt gehe ich ins Bett, ich bin sowieso todmüde." Er lässt das Seil am Boden liegen und schleicht in sein Zimmer. Fritz schläft bereits. Alex bemüht sich, leise zu sein, um ihn nicht zu wecken. Fünf Minuten später schläft er tief und fest. Am nächsten Morgen wird er vom Wecker aus dem Schlaf gerissen. Das findet er sehr unangenehm. Er fragt sich, warum er so müde ist, er kann sich nicht an seine nächtliche Aktion erinnern. Am Frühstückstisch mahnt ihn seine Mutter zur Eile. „Was ist los mit dir?", fragt sie besorgt. „Ich bin müde", gibt Alex zu. Als er weg ist, wendet sich die Mutter ihren Haushaltspflichten zu. Sie will die Wäsche, die sie gestern gewaschen und zum Trocknen aufgehängt hat, bügeln und geht in die Waschküche. Verblüfft stellt sie fest, dass die gesamte Wäsche auf den Boden geworfen und die Wäscheleine entfernt worden ist. Sie denkt einen Augenblick nach, dann – „Alex!" schnaubt sie wütend. „Das hast du wohl gestern Nacht getan. Darum warst du heute Morgen so müde. Deine Streiche erreichen langsam ein unerträgliches Niveau!" Den ganzen Vormittag beschäftigt sie die Entdeckung. Wie jeden Mittag kommt ihr Mann von der Arbeit nach Hause. Sie erzählt ihm, was geschehen ist. „Bist du sicher, dass Alex dahintersteckt?", fragt er. „Es könnte doch auch sein, dass die Wäsche einfach heruntergefallen ist." „Die Wäscheleine wurde entfernt. So etwas wäre Alex zuzutrauen, er hat garantiert die Finger im Spiel. Weiß Gott, was er wieder ausheckt." Als Alex am Abend nach Hause kommt, fragt ihn seine Mutter gleich, wann er das letzte Mal in der Waschküche gewesen sei. „Warum fragst du so etwas?", wundert sich Alex. „Tu nicht so scheinheilig!", antwortet seine Mutter streng. „Die Wäsche in der Waschküche ist nicht von allein heruntergefallen! Außerdem ist die Wäscheleine entfernt worden." Alex schaut verstört drein. „Ist jemand eingebrochen und hat die Wäscheleine gestohlen? Das ist ja furchtbar! Zum

Glück hat dieser Einbrecher die Wäsche nur auf den Boden geworfen und nicht auch noch geklaut!" Er blickt so verständnislos drein, dass die Mutter zu zweifeln beginnt, dass er nur Theater spielt. „Vielleicht kann er sich wirklich nicht mehr erinnern", denkt sie. Dann hat sie einen Einfall. Sie eilt in die Waschküche, wirft die Wäsche auf den Boden und geht dann schnell zu Alex zurück. „Komm mit!", sagt sie. Alex folgt seiner Mutter in die Waschküche. „Sieh dir das an", sagt die Mutter und weist auf die am Boden liegende Wäsche. „Wieso liegt sie hier?", fragt sie sanft. In Alex erwacht eine leise Erinnerung. Die Situation kommt ihm irgendwie bekannt vor. „Es könnte sein, dass ich dafür verantwortlich bin", murmelt er. „Denk noch mal nach", bittet seine Mutter ihn. „Du musst nicht befürchten, dass ich dich bestrafe." Alex blickt wieder auf die Wäsche. „Die Wäscheleine fehlt auch", sagt die Mutter hinter ihm. „Hilft dir das weiter?" Plötzlich fällt es Alex wie Schuppen von den Augen. Vergangene Nacht hat er seinen ersten Versuch als Seiltänzer gestartet. Er möchte davon aber nichts verraten. „Ich habe nur etwas ausprobiert", antwortet er ausweichend. „Ich probiere gern neue Sachen aus." „Das ist eigentlich keine schlechte Eigenschaft", antwortet die Mutter und blickt kopfschüttelnd auf die Wäsche. „Aber was hast du ausprobiert? „Wäsche- und Seilklauen"?" Alex zuckt zusammen. „Ich habe weder die Wäsche noch das Seil geklaut." „Stimmt", bestätigt die Mutter. „Die Wäsche liegt hier. Aber wo ist das Seil?" Alex macht sich ganz klein. Er muss es der Mutter wohl sagen. Doch dann kann er den Plan, seine Familie mit einer Vorstellung als Seiltänzer zu überraschen, wohl vergessen. Die Mutter wird es seinen Geschwistern und dem Vater verraten. Er senkt den Kopf. „Die Wäscheleine liegt oben im Estrich am Boden", murmelt er. „Ich will Seiltänzer werden und habe letzte Nacht zu üben begonnen. Ich wollte euch in ein paar Wochen, wenn ich Profi bin, mit einer Vorstellung überraschen." Gespannt beobachtet er seine Mutter. Wird sie ihm verbieten, Seiltänzer zu werden? Die Mutter atmet ein paar Mal tief durch. Alex macht sich auf ein Donnerwetter gefasst, doch die Mutter sagt beherrscht: „Ich schlage vor, dass du tagsüber in der Garage übst. Ich werde dafür sorgen, dass niemand etwas merkt. Ich helfe dir auch, das Seil gut zu spannen." Alex freut sich ungemein. „Danke, Mama!", ruft er und gibt seiner Mutter einen Kuss. Die Mutter ist gerührt. „Hoffentlich sieht er bald ein, dass es unrealistisch ist, Seiltänzer zu werden", denkt sie. „Er wird sicher sehr bald merken, wie schwierig es ist." Wie versprochen hilft sie Alex, in der Garage ein Seil zu spannen. „Jetzt kannst du es probieren", sagt sie, als alles fertig ist. Alex betrachtet das gespannte Seil. Jetzt, da es ernst gilt, erscheint ihm sein Vorhaben unmöglich. „Ich glaube", sagt er unsicher, „meine Idee war tatsächlich eine Nummer zu groß für mich." „Das stimmt", bestätigt seine Mutter. „Und denk einmal, in welche Gefahr sich ein Hochseilartist jedes Mal begibt. So etwas ist lebensgefährlich." Alex schaut traurig drein. Seine Mutter bekommt Mitleid mit ihm. „Du musst nicht traurig sein", tröstet sie Alex. „Seiltanz bringt niemandem etwas." Alex ist seiner Mutter beim Versorgen des Seils behilflich. Er schämt sich ein wenig, denn er findet, er habe sich total lächerlich gemacht. Er verliert nie wieder ein Wort über Seiltanzen. Ihm fällt aber noch etwas anderes ein, was ihm im Zirkus imponiert hat: der Zauberer. Er ist überzeugt, dass im Zirkus ein echter Zauberer auftrat. Kein normaler Mensch könnte Hüte zum Verschwinden bringen, da war kein simpler Trick dabei. „Ich lerne auch zaubern", denkt Alex. „Doch wie kann ich das lernen? Zu dumm, dass der Zirkus nicht mehr hier ist. Nun kann ich den Zauberer nicht mehr fragen. Ich muss es selbst herausfinden." Er überlegt sich, wie er vorgehen soll, wird aber schnell entmutigt. Sein Vorhaben ist wohl aussichtslos … Oder – vielleicht doch nicht?

„Irgendwo gibt es sicher Zauberbücher!", ruft er. „Die Zauberer in den Märchen haben auch immer eines!" Er beschließt, in der Bibliothek nach einem Zauberbuch zu fragen. Doch dann beschleichen ihn wieder Zweifel. „Man wird mich auslachen, ich habe meine Erfahrungen gemacht. Ich muss wohl allein ein Zauberbuch beschaffen." Er denkt, es sei am besten, die Bibliothek auf eigene Faust zu durchsuchen. „Vielleicht ist irgendwo ein Zauberbuch, von dem die Bibliothekarinnen nichts wissen. Das ist ja übrigens sehr gut möglich, dass, wenn irgendwo in der Bibliothek ein Buch mit Zaubersprüchen herumliegt, niemand davon Kenntnis hat. Die Zaubererwelt ist eine geheime Welt." Am nächsten Tag geht er in die Bibliothek. Er ist erst wenige Male mit seiner Mutter dort gewesen, denn Lesen fällt ihm ja so schwer und ein ganzes Buch zu lesen, ist für ihn ein Gräuel. Er erschrickt, als er den Raum betritt. Einige Dutzend Regale sind mit Büchern voll gestellt. „Das müssen Tausende, wenn nicht sogar Millionen von Büchern sein. Wie soll ich da das richtige finden?" Er nähert sich einem Regal. Sein Blick schweift über die Buchrücken. Dabei stellt er fest, dass sie nach Autoren geordnet sind, was ihm ein wenig Mut macht. „Die Autoren sind sicher in alphabetischer Reihenfolge angeordnet. Ich kenne das Alphabet zwar nicht so gut, aber ich weiß zumindest, dass das Z ganz am Schluss ist. Ich suche unter Z wie Zauberer." Es dauert lange, bis er die richtigen Bücher gefunden hat. Er entziffert die Namen der Autoren, hat aber natürlich auch nach zwei Stunden nichts mit „Zauberer" gefunden. „Junge, suchst du etwas?", fragt ihn schließlich die Bibliothekarin, die ihn einige Zeit beobachtet hat, und fügt hinzu: „Du sollst endlich ein Buch auswählen, wir schließen die Bibliothek in fünf Minuten." Alex erschrickt. Er will niemandem verraten, dass er ein Zaubererbuch sucht. Kurz entschlossen greift er nach dem erstbesten Buch und reicht es der Frau. „Dieses hier möchte ich."

Die Frau wirft einen Blick darauf und zieht die Brauen hoch. „‚Das Parfum'? Junge, davor rate ich dir ab. Das ist ein Krimi." „Na gut, dann eben ein anderes", antwortet Alex gelangweilt. „Warte mal, ich schaue, was ich für dich finden kann", sagt die Frau freundlich und verschwindet in die Kinder- und Jugendbücher-Abteilung. Nach zehn Minuten kommt sie freudestrahlend mit einem Buch zurück. „Schau, ich habe genau das Richtige für dich gefunden. Dieses Buch fasziniert alle Kinder in deinem Alter." Sie geht zum Computer, um die Ausleihe einzutragen. „Darf ich deinen Ausweis haben?", fragt sie freundlich. Alex schaut verständnislos. „Warum muss ich einen Ausweis zeigen?" „Den Bibliotheksausweis", lächelt die Bibliothekarin. „So etwas habe ich nicht", murmelt Alex. „Nicht?", fragt die Bibliothekarin streng. „Aber dann kannst du keine Bücher ausleihen, das weißt du doch. Du machst mich ganz schön sauer, die Bibliothek wäre eigentlich schon längst geschlossen. Wegen dir musste ich noch warten, und jetzt stellt sich heraus, dass das umsonst war." „Aber ich habe doch schon einmal ein Buch ausgeliehen", verteidigt sich Alex. „Ach ja?", entgegnet die Bibliothekarin und jedes Lächeln ist von ihrem Gesicht verschwunden. „Dann war das unrechtmäßig, du hast sozusagen ein Buch geklaut!" „Aber meine Mutter hat es doch auch getan!", ruft Alex verzweifelt, denn er hat bemerkt, dass die Bibliothekarin wütend geworden ist. Schlagartig ändert sich deren Miene. „Deine Mutter?", fragt sie. „Wie heißt denn deine Mutter?" Alex senkt den Kopf und murmelt: „Ich weiß es nicht …" „Ach", lächelt die Bibliothekarin. „Dann bist du wohl Alex." „Ja", bestätigt Alex überrascht. Die Frau lächelt noch breiter. „Ich verstehe vollkommen. Also, dieses Buch möchtest du ausleihen? Das ist schnell erledigt." Fünf Minuten später steht Alex auf der von der untergehenden Sonne schwach beleuchteten Straße. Unter dem Arm trägt er das Buch, das ihm die Bibliothekarin gegeben hat. Er ist überzeugt, dass er es nicht lesen wird, denn es wäre für ihn zu anstrengend. Beim Gedanken daran, wie sorgfältig die Bibliothekarin ein Buch für ihn gesucht hat, wird er ein wenig traurig. „Sie weiß ja nicht, dass sie es umsonst gemacht hat", denkt er. „Und die Hauptsache ist, dass sie nicht erfahren hat, dass ich in Wirklichkeit ein Zaubererbuch gesucht habe. Aber ich glaube, solche Bücher gibt es nicht. Und ohne Anleitung kann ich nicht zaubern. Ich gebe die Sache auf." Am nächsten Tag denkt er noch einmal flüchtig ans Zaubern, doch am Tag darauf hat er alles vollkommen vergessen.

Aber er hat kurze Zeit später etwas Neues gefunden, über das er sich den Kopf zerbricht. Er hat mit seiner Mutter einen Zoo besucht und war sehr beeindruckt. Er wusste gar nicht, dass es so viele verschiedene Tiere gibt. Den Besuch hat er sehr genossen. Der Anblick dieser Tiere freute ihn sehr. Einzig der Lärm hat ihn gestört. „Warum machen diese Tiere solch einen Radau?", fragte er seine Mutter. „Sie machen keinen Radau", antwortete die Mutter. „Sie sprechen miteinander." Diese Aussage hat Alex sehr zu denken gegeben. Jetzt will er auf jeden Fall diese Tiere verstehen, damit er weiß, worüber sie sich unterhalten. „Vielleicht machen sie sich über die Zoobesucher lustig. Dann könnte ich einmal ein ernsthaftes Wort mit diesen Tieren sprechen." Alex hat aber keine Ahnung, wie er sein Ziel erreichen könnte. „Vielleicht sollte ich einfach sehr genau auf ihre Geräusche lauschen", denkt er. Er fragt seine Mutter, wann sie wieder in den Zoo gehen. „Wir waren doch gerade erst dort", antwortet sie erstaunt. „Es hat mir aber so gefallen", beteuert Alex. „Das stimmt ja ein bisschen", denkt er. „Die Tiere anzuschauen war toll. Nur der Lärm war höllisch." „Wir werden diesen Zoo kaum innerhalb des nächsten Jahres wieder besuchen", sagt die Mutter. Alex wird traurig. Seine Mutter bemerkt es und sagt: „Vielleicht kannst du mit einem Nachbarn oder sonst jemandem in den Zoo gehen, wenn es dir so gefällt." Augenblicklich ändert sich Alex' Stimmung. Zwei Wochen später eröffnet ihm seine Mutter, sie habe sich in der Nachbarschaft umgehört und ein Nachbar habe sich bereit erklärt, mit Alex den Zoo zu besuchen. „Stell dir vor, er bezahlt dir sogar den Eintritt", freut sie sich. „Das ist doch ganz nett." Alex erzählt seiner Mutter natürlich nicht, dass er vorhat, die Sprache der Tiere zu erlernen. Am nächsten Wochenende ist er mit dem Nachbarn auf dem Weg in den Zoo. „Vielen Dank, dass Sie mich mitnehmen", sagt Alex höflich. Er ist ungeduldig, die Fahrt in den Zoo erscheint ihm ewig. Doch er hat Zeit, sich einen Plan zurechtzulegen. „Ich lerne zuerst die Sprache der Affen", denkt er. „Die ist sicher am einfachsten, denn angeblich stammt der Mensch vom Affen ab und hat sich also wohl früher in der Affensprache unterhalten. Danach höre ich mir das Brüllen der Löwen genau an. Und dann wende ich mich den Zebras zu." Endlich sind sie beim Zoo angelangt. Der Nachbar zahlt den Eintritt und betritt mit Alex das Areal des Zoos. Alex steuert direkt das Affengehege an. „Alex, warum hast du es so eilig?", ruft der Nachbar. „Schau, hier sind noch andere Tiere. Schau dir doch die herzigen jungen Bären an." Alex hört ihn nicht. Der Nachbar entschließt sich, Alex gewähren zu lassen, ihn aber im Auge zu behalten, während er selbst die Tiere betrachtet. Er wundert sich, dass Alex die ganze Zeit vor dem Affengehege steht. „Die Affen faszinieren ihn wohl sehr", denkt er. „Das ist eigentlich kein Wunder. Affen sind ja so lustige Tiere, jedes Kind hat Freude an ihnen." Alex starrt die Affen konzentriert an und achtet auf ihre Laute, doch so genau er auch hinhört, er kann überhaupt nichts erkennen. „Verstehen sich die Affen wohl untereinander?", denkt er. „Das kann ich mir kaum vorstellen." Der Nachbar beobachtet ihn kopfschüttelnd. Schließlich geht er langsam zu ihm hin. „Alex", sagt er und Alex wendet sich überrascht um. „Was tust du hier so lange?", fragt der Nachbar. „Willst du dir nicht noch andere Tiere anschauen?" Alex erinnert sich, dass er ja noch versuchen will, Löwen und Zebras zu verstehen. „Bei den Affen hat es nicht geklappt", denkt er. „Vielleicht haben Löwen und Zebras eine einfachere Sprache." Er wendet sich vom Affengehege ab. „Wohin wollen wir jetzt gehen?", fragt der Nachbar. „Zu den Löwen", antwortet Alex schnell. Der Nachbar erfüllt ihm den Wunsch, obwohl es ihn langweilt, denn die Löwen hat er sich schon angeschaut. „Dort wird Alex aber sicher nicht so lange verweilen, sie sind weniger faszinierend. Im Gegenteil, sie sind Furcht einflößend." Er wundert sich, dass Alex auch die Löwen anstarrt wie zuvor die Affen. Er weicht vor ihrem Gebrüll nicht zurück. „Ich muss um jeden Preis einen kleinen Erfolg erzielen", denkt Alex verzweifelt. „Sonst war dieser Zoobesuch umsonst." Doch hier verweilt er nicht einmal halb so lange wie bei den Affen. „Die Löwen brüllen ohrenbetäubend, ich gehe lieber zu den Zebras. Sie sprechen sicher deutlicher und sind weniger laut." Den Nachbarn hat er ganz vergessen und macht sich keine Gedanken darüber, dass dieser ihn plötzlich suchen muss. Überzeugt, endlich einen Erfolg zu erzielen, steht er vor dem Gehege, indem sich einige Zebras aufhalten. Sie traben vorüber und Alex hört weder ein Wiehern noch ein ähnliches Geräusch. Er wartet noch eine Weile und wendet sich dann enttäuscht ab. „Ich kann keine Tiere verstehen", denkt er traurig. Er guckt sich um. Entsetzt stellt er fest, dass er überhaupt niemanden kennt. „Wo ist Mutter?", denkt er erschrocken. Ein Gefühl schleichender Panik ergreift ihn, Tränen der Verzweiflung treten in seine Augen. „Mutter …", flüstert er. Da hört er jemanden seinen Namen rufen. „Alex!" Doch die Stimme klingt nicht nach seiner Mutter. Ein Mann, der Alex vage bekannt vorkommt, taucht auf und ruft: „Gott sei Dank, hier bist du, ich habe dich schon überall gesucht." "Ich suche auch jemanden, nämlich meine Mutter", nuschelt Alex verzweifelt. "Deine Mutter ist zu Hause", antwortet der Mann. "Ich bringe dich zu ihr. Weißt du nicht mehr? Ich bin dein Nachbar, wir sind gemeinsam hierher gekommen und haben uns dann aus den Augen verloren." Alex erinnert sich wieder. "Warum hast du dir nur so wenige Tiere angeschaut?", fragt der Nachbar. "So viel ich gesehen habe, warst du nur bei den Affen, bei den Löwen und bei den Zebras." Alex entschließt sich, die Wahrheit zu sagen. "Ich habe versucht, ihre Sprache zu verstehen und herauszufinden, was sie sagen." Gespannt wartet er auf die Reaktion des Nachbarn. Wird er lachen? Der Nachbar schmunzelt einen Augenblick, dann antwortet er ernst: "Alex, ich glaube, du bist nicht der erste Mensch, der dies versucht hat. Doch die Menschheit wird sich wohl nie mit den Tieren in deren Sprache verständigen können. Und das ist auch gut so. So soll es bis in Ewigkeit bleiben. Menschen und Tiere sind total verschiedene Geschöpfe." Eigentlich ist Alex derselben Meinung. Er verschwendet nie mehr einen Gedanken an eine Tiersprache.

Aber im Zoo ist ihm bewusst geworden, wie viele verschiedene Tiere es auf der Welt gibt. "Es gibt wohl Tausende von Arten", denkt er. "Ich möchte wissen, wie viele Tierarten existieren." Er fragt seine Mutter danach. "Das weiß ich nicht", antwortet sie. "Und ich glaube, das kann niemand genau sagen. Leider nimmt die Tiervielfalt ab, weil immer wieder Tiere aussterben." Alex versteht nicht, was sie damit meint. "Was heißt das? Tiere sterben, das ist logisch. Menschen sterben auch." "Es heißt", erklärt die Mutter geduldig, "dass das letzte Tier einer Gattung stirbt und es keine Nachkommen gibt. Leider geschieht das sehr oft. Bei uns Menschen kann das fast nicht passieren, es gibt einige Milliarden Leute auf der Erde. Und wir sorgen für Nachwuchs, indem wir immer wieder Kinder auf die Welt bringen. Auch du persönlich trägst dazu bei, dass der Mensch nicht ausstirbt." Alex wird ein wenig stolz. Aber gleich verfinstert sich seine Miene. „Warum unternimmt der Mensch nichts gegen das Aussterben von unschuldigen Tieren?" Bevor die Mutter antworten kann, rufen Alex' Geschwister: „Komm, Alex, wir spielen wieder einmal zusammen Eile mit Weile." Dieses Spiel liebt Alex sehr und er flitzt ins Kinderzimmer. Aber heute ist er nicht bei der Sache. Es ist zwar oft so, dass er sich in einem Spiel anfangs nicht konzentrieren kann, aber nach einigen Minuten, wenn er den Spielverlauf in den Griff bekommt, geht es besser. Heute sieht es aber nicht danach aus. Er muss dauernd an die Worte seiner Mutter denken. Viele Tiere sterben aus … Sie verschwinden und geraten in Vergessenheit. Es gäbe doch sicher eine Technik, womit man sie wieder einführen könnte? Vielleicht erleidet der Mensch eines Tages das gleiche Schicksal. Er muss dagegen etwas untern… „Alex, du bist mit Würfeln an der Reihe", wird Alex aus seinen Gedanken gerissen. Die Schwester schnalzt ungeduldig mit der Zunge. „Schläfst du im Sitzen ein? Mach vorwärts, sonst wird es langweilig." Alex blickt auf das Spielbrett. Überrascht stellt er fest, dass drei seiner Männchen noch gar nicht im Rennen sind. Seufzend greift er nach dem Würfel. „Alex, wo bist du?", fragt sein Bruder. „Hier", antwortet Alex einsilbig. „Ich meine gedanklich. Wo bist du mit deinen Gedanken?" Alex schaut seine Geschwister an, eine Spur Traurigkeit und Trotz liegt in seinem Blick. „Du willst es uns nicht sagen", stellt sein Bruder fest. „So können wir nicht weiterspielen. Wir hören besser auf." Dagegen hat Alex nichts einzuwenden, denn dann kann er gut nachdenken und sich die Worte seiner Mutter nochmals gründlich durch den Kopf gehen lassen. Ein Tier stirbt und es gibt keine Nachkommen … „Welche Tiere sind schon ausgestorben?", denkt er, um sich gleich darauf selbst eine Antwort zu geben: „Das weiß ich natürlich nicht. Das kann wohl niemand sagen, denn wenn jemand ein solches Tier gesehen und benannt hätte, wäre es nicht ausgestorben." Doch da fällt ihm etwas ein: Seine Mutter hat einmal mit ihm ein Bilderbuch angeschaut, in welchem Tiere gezeichnet waren. Sie hatte ihm die Geschichte erzählt und immer wieder „Dinosaurier Rex" erwähnt. Nach einer Weile hatte Alex gefragt, wer Dinosaurier Rex eigentlich sei. Die Mutter deutete auf ein, wie Alex fand, recht hässliches Tier im Buch. „Der Drache und Dinosaurier Rex machten ein Rennen, verstehst du. Hier werden aber Märchen und Wirklichkeit vermischt. Drachen sind Märchenfiguren, aber Dinosaurier hat es wirklich gegeben. Sie sind allerdings schon vor ein paar Millionen Jahren ausgestorben." Alex ist froh, dass ihm diese Begebenheit einfiel. Jetzt weiß er wenigstens, was der Gegenstand seines Vorhabens ist: Dinosaurier. Er will alles daran setzen, diese Tiere wieder zum Leben zu erwecken. Doch wie sollte er vorgehen? „Ich sammle Knochen, stelle damit ein Dinosaurierskelett nach und versuche, ihm Leben einzuhauchen." Er schaut sich um. Woher soll er Knochen nehmen? Da fällt ihm etwas ein. „Der Metzger. Er kann mir sicher viele Knochen geben." Doch gleich ist Alex entmutigt. Der Metzger würde ihn fragen, was er mit diesen Knochen tun wolle. Sobald er von seinem Plan Kenntnis hat, würde er seine Eltern benachrichtigen. Oder er würde ihn zumindest auslachen. Alex weiß nicht, was schlimmer ist: das ungläubige Gesicht der Eltern oder das spöttische Lachen des Metzgers, denn er kann sich beides lebhaft vorstellen. Also entschließt er sich, nichts mit Knochen zu tun. Aber welche Möglichkeiten hat er noch? Alex hat keinen Einfall. Jetzt wird ihm bewusst, wie aussichtslos seine Idee ist. „Dinosaurier sind ausgestorben", denkt er. „Und eigentlich ist es ja gut so. Dinosaurier sind riesige Tiere und wohl auch gefährlich. Man kann froh sein, dass sie verschwunden sind. Und andere ausgestorbene Tiere wieder einzuführen, ist wohl genauso unmöglich."

Er denkt noch einmal über die Worte seiner Mutter nach. „Sie hat gesagt, dass Drachen erfundene Figuren seien, Dinosaurier aber gelebt haben, jedoch ausgestorben seien. Woher will sie das wissen? Wahrscheinlich sind Drachen auch einfach nur ausgestorben und nicht nur Märchenfiguren." Er denkt über Märchen nach. „Ich kenne einige Märchen", überlegt er laut. „Zum Beispiel Rotkäppchen. Oder Schneewittchen." Er hält inne. „Schneewittchen ist vielleicht gar keine Fantasiegeschichte. Überhaupt: Wo liegt der Beweis, dass Schneewittchen, Rotkäppchen, Ali Baba und andere solche Leute nicht gelebt haben? Ha – das wäre etwas für die Wissenschaft. Die sollte mal beweisen, dass alles nur erfunden ist." Dann seufzt er. „Ach – wenn ich einige Wissenschaftler damit beauftragen würde, würden sie mich nicht ernst nehmen und sich dumm und dämlich lachen." Plötzlich fasst er einen Entschluss. „Ich muss es selbst in die Hand nehmen. Ich werde das Haus von Schneewittchen suchen und finden. Ich weiß ja, wo das liegt: hinter den sieben Bergen. Bei den sieben Zwergen. Diese sind inzwischen sicher gestorben, das Haus wird also unbewohnt sein." Sein Blick gleitet aus dem Fenster. Am Horizont ist ein Berg zu sehen. Der Gipfel ist schon mit Schnee bedeckt. Es würde schwierig werden, diesen Berg zu übersteigen. Und wenn er es diesmal geschafft hat, folgen immer noch sechs. Soll er dieses Projekt wirklich starten? „Ja", sagt er laut. „Schneewittchen hat es problemlos geschafft. Dann kann ich das sicher auch." Er überlegt, was er für sein Vorhaben benötigt. „Ich muss etwas zu essen mitnehmen. Und zu trinken. Und gutes Schuhwerk." Er überlegt, wo seine Wanderschuhe sein könnten. „Die sind wohl im Estrich", denkt er und erschrickt. Der Estrich ist ihm seit seinem gescheiterten Seiltänzertraum doppelt unheimlich. Er möchte nicht dorthin. „Aber ich brauche die Wanderschuhe unbedingt. Sonst kann ich die Berge nicht überqueren." Er sammelt all seinen Mut und begibt sich auf den Weg in den Estrich. Vor der Tür zögert er kurz, dann öffnet er sie entschlossen. Schon der erste Schritt auf der Treppe knarrt unheimlich, doch Alex versucht, dieses Geräusch zu ignorieren, und nähert sich Schritt für Schritt dem Dachboden. Hier stehen viele staubbedeckte Kisten herum. Alex ist überrascht, denn die hatte er letztes Mal gar nicht bemerkt. „Hoffentlich sind die Wanderschuhe nicht in einer solchen Kiste", denkt er. „Sonst muss ich vielleicht stundenlang suchen." Er schaut sich um und erblickt ordentlich aufgestellte Schuhe. Sein Herz macht einen Hüpfer, denn er erkennt, dass es wohl Wanderschuhe sind. Er tritt näher. „Welches Paar gehört wohl mir?", denkt er. „Ach, das ist doch egal. Wanderschuhe sind Wanderschuhe." Er beeilt sich sehr, denn der Estrich ist ihm nicht geheuer. Er packt ein Paar Schuhe und eilt die Treppe hinunter, die wiederum unheimlich knarrt, als ahnte sie, dass Alex etwas Verbotenes macht. Er ist erleichtert, als er den Dachboden endlich hinter sich gelassen hat. Er eilt in sein Zimmer und versteckt die Wanderschuhe unter seinem Bett. „Jetzt brauche ich noch zu essen und zu trinken", denkt er. „Ach nein, da habe ich nur schwer zu tragen. Ich ernähre mich von Waldbeeren und trinke Wasser aus dem Bach." Er überlegt, wann er sich auf den Weg machen soll. „Vielleicht benötige ich Tage oder Wochen, bis ich sieben Berge überquert habe. Jetzt ist Spätsommer. Ich sollte möglichst früh losgehen, bevor nasskaltes Herbstwetter einsetzt." Er beschließt, in der nächsten Nacht sein Abenteuer zu starten. „Am besten gehe ich um Mitternacht weg. Aber nein, dann muss ich den Wecker stellen, damit ich rechtzeitig aufwache. Dann würde Fritz auch erwachen und mir Fragen stellen. Ich kenne ihn so gut, dass ich weiß, dass er mich nie gehen ließe. Aber ich erwache ja jeden morgen früh, dann breche ich halt auf, sobald ich aufgewacht bin." Er beschließt, heute sehr früh ins Bett zu gehen, damit er frühmorgens aufwacht, und schlüpft zwei Stunden früher als gewöhnlich unter die Decke. Er kann aber nicht einschlafen, doch damit hat er gerechnet. „Es ist trotzdem sehr erholsam, mein Körper kann Kraft tanken", denkt er. „Und ich kann gut über mein Vorhaben nachdenken und es planen." Nach einer Weile döst er ein. Als Fritz ins Zimmer tritt, um auch ins Bett zu gehen, erschrickt Alex beinahe zu Tode. „Sei doch leise, du Trampelmann!", zischt er. Fritz schaut ihn überrascht an. „Ach, da bist du ja. Ich hatte dich schon überall gesucht. Warum bist du schon im Bett? Sonst gehen wir beide doch ungefähr zur gleichen Zeit schlafen." „Ich bin heute soooo… müde …", antwortet Alex und täuscht ein Gähnen vor. Fritz antwortet nicht, zieht sich aus, legt sich ins Bett und löscht das Licht. Nach wenigen Minuten ist er eingeschlafen. Alex horcht auf die gleichmäßigen Atemzüge und beneidet seinen Bruder glühend. „Das ist ungerecht", denkt er. „Ich habe so lange vergebens auf den Schlaf gewartet und Fritz ist sofort eingeschlafen. Hoffentlich erwache ich zumindest morgen früher als er." Irgendwann schläft auch Alex ein. Am nächsten Morgen erwacht er und denkt sofort an das Abenteuer, das er heute starten will. Zufrieden stellt er fest, dass Fritz noch tief schläft. Alex beeilt sich sehr mit dem Anziehen der Kleider, aber bei ihm dauert es trotzdem lange, bis die Kleidungsstücke endlich richtig sitzen. Er zieht die Wanderschuhe unter seinem Bett hervor. Es vergehen zehn Minuten, bis er sie endlich angezogen hat. Er achtet nicht auf Fritz, der inzwischen aufgewacht ist, dies jedoch nicht zu erkennen gibt und Alex mit halb geschlossenen Augenlidern beobachtet. „Was hat er vor?", denkt er. Alex schleicht zur Tür. „Oh, ist das mühsam", denkt er. „Ich rutsche dauernd. Meine Füße sind kleiner geworden. Komisch." Ihm fällt nicht ein, dass seine Wanderschuhe noch im Estrich stehen und er versehentlich die Schuhe seiner Vaters entwendet hat, die viel zu groß für ihn sind. Der Weg nach draußen ist mühsam. Endlich steht er vor dem Haus, das noch dunkel ist. Alex macht behutsam einige Schritte. Das Gehen mit den Wanderschuhen fällt ihm schwer. „Oh nein", denkt er. „Wie schwierig wird dann erst das Wandern über die Berge sein?" Dann lacht er. „Bis ich den ersten Berg erreiche, werde ich schon viel Übung haben, das Wandern wird mir bis dahin leichtfallen." „Welches Wandern?", ertönt eine Stimme hinter ihm. Alex erschrickt und dreht sich um. Hinter ihm steht Fritz, der ihn gespannt mustert. „Warum bist du nicht im Bett?", fragen die Jungen gleichzeitig, worauf beide lachen müssen. Dies gibt der angespannten Situation eine ungezwungene Atmosphäre und Alex beschließt spontan, Fritz die Wahrheit zu sagen. „Ich wollte das Haus von Schneewittchen suchen. Gestern ging ich früh zu Bett, damit ich heute rechtzeitig aufwache und mich unbemerkt auf die Reise begeben kann." Fritz schaut ihn einen Moment lang mitleidig an, dann seufzt er. „Warum hast du bloß immer solche unrealistischen Ideen, die du in die Tat umsetzen willst? Wann hörst du damit auf? Eines Tages wirst du bei einem deiner Unternehmen sterben." Alex erschrickt. „Sterben? Warum?" Fritz setzt sich auf die Treppe und deutet Alex, es ihm gleichzutun. „Weißt du", erklärt Fritz geduldig, „es ist gefährlich. Du hast dir selbst Verletzungen zugefügt. Wenn nicht zufällig jemand dazugekommen wäre, wäre es wohl schlimm ausgegangen. Du wolltest den Seiltänzer nachahmen. Wie lange hätte es wohl gedauert und du wärst schlimm gestürzt? Heute Nacht wolltest du davonlaufen und über Berge wandern. Über sieben Berge, die es übrigens wohl gar nicht gibt. Schneewittchen ist eine Märchenfigur. Und Wandern ist für dich sehr gefährlich, du könntest sehr leicht in den Tod stürzen. Du kannst oft nicht unterscheiden, ob du etwas geträumt hast oder ob es der Wirklichkeit entspricht. Das kann böse ausgehen." Alex gibt keine Antwort und geht ins Bett. Am nächsten Tag hat er alles vergessen, auch Schneewittchen.

Alex ist völlig verzweifelt. „Was soll dieses verfluchte Leben? Warum muss ich behindert sein? Warum ausgerechnet ich? Heißt das Schicksal wirklich ‚Alex'?" Er ist drauf und dran, eine Verzweiflungstat zu vollbringen. „Morgen tue ich es! Morgen sterbe ich und mit mir meine Familie!" Er geht ins Bett. „Im Bett kann ich ungestört planen", denkt er. Fünf Minuten später liegt er unter der Decke und heckt Pläne aus: „Ich will nicht allein sterben! Ich will einige Leute mitnehmen! Es ist so unfair! Alle behandeln mich schlecht! Dafür sollen einige bezahlen!" Flüchtig denkt Alex an Gott. „Quatsch, was hat dieser Gott mit mir gemacht? Hatte er etwas mit mir vor?" Er huscht in die Küche und holt das größte Messer, das er finden kann. „Mit diesem Messer hat Mutter jeweils den Braten zerschnitten, das reicht." Zufrieden verlässt er die Küche. Draußen begegnet ihm Anna, die ihn erstaunt anschaut. „Was …?" „Komm mit mir!", brüllt Alex und stößt ihr das Messer mitten in die Brust. „Sie wird verbluten", denkt er zufrieden. Als Nächstes läuft ihm Fritz über den Weg. „Du bist auch nicht besser als Anna!", schreit Alex. „Stirb mit ihr und mir!" Das Blut spritzt auf seinen Pullover, als er das Messer in Fritz' Brust stößt. Schadenfroh betrachtet er den sterbenden Bruder und lacht: „Gute Reise ins Jenseits. Ich muss noch Kleinigkeiten erledigen, dann komme ich auch." Der Vater hat das Geschrei gehört, ist aufmerksam geworden und betritt den Raum. Mit offenem Mund starrt er auf Fritz. „Mit Papa werde ich nicht so leicht fertig", denkt Alex. „Aber ich muss es versuchen." Er stürzt mit erhobenem Messer schreiend auf seinen Vater zu und … Schweißgebadet wacht Alex auf. „Oh Gott!", stöhnt er. „So ein furchtbarer Albtraum! Damit dieser Traum nicht Wirklichkeit wird, nehme ich mir das Leben. Nur dadurch kann ich sicherstellen, dass es nicht passiert und ich nicht zum Mörder werde. Ich bin dann ‚nur' ein Selbstmörder …" Leise steht er auf und verlässt das Schlafzimmer. Er zieht eine Jacke an und schleicht aus der Wohnung. Mit nackten Füßen läuft er zum Bahnhof und bleibt keuchend stehen. Aus der Ferne hört er einen Zug. „Das ist wohl der früheste Zug heute", denkt Alex. „Egal." Er geht ein paar Schritte vorwärts. Plötzlich fühlt er sich beobachtet und blickt schnell hinter sich. „Niemand ist in der Nähe", denkt er. Der Lärm dröhnt immer lauter in seinen Ohren. Alles geht sehr schnell. Alex tritt auf das Gleis und schaut für den Bruchteil einer Sekunde in das entsetzte Gesicht des Lokomotivführers. Doch dieser Gesichtsausdruck ist das Letzte, was er von dieser Welt sieht.

Bewerten Sie dieses Buch auf unserer Homepage!

www.novumverlag.com

Die Autorin

Heidi Vogel wurde 1984 im Schweizer Kanton Luzern geboren. Sie arbeitet als Büroangestellte und veröffentlichte bisher einige schriftstellerische Beiträge in Anthologien sowie das eigenständige autobiografische Werk „Mein langer Weg. Mein Leben als Behinderte" im novum eco Verlag.

novum 📢 VERLAG FÜR NEUAUTOREN

Der Verlag

„Semper Reformandum", der unaufhörliche Zwang sich zu erneuern begleitet die novum publishing gmbh seit Gründung im Jahr 1997. Der Name steht für etwas Einzigartiges, bisher noch nie da Gewesenes.
Im abwechslungsreichen Verlagsprogramm finden sich Bücher, die alle Mitarbeiter des Verlages sowie den Verleger persönlich begeistern, ein breites Spektrum der aktuellen Literaturszene abbilden und in den Ländern Deutschland, Österreich und der Schweiz publiziert werden.
Dabei konzentriert sich der mehrfach prämierte Verlag speziell auf die Gruppe der Erstautoren und gilt als Entdecker und Förderer literarischer Neulinge.

Neue Manuskripte sind jederzeit herzlich willkommen!

novum publishing gmbh
Rathausgasse 73 · A-7311 Neckenmarkt
Tel: +43 2610 431 11 · Fax: +43 2610 431 11 28
Internet: office@novumverlag.com · www.novumverlag.com